浮花

浮花

楊凡

OXFORD

OXFORD
UNIVERSITY PRESS

Oxford University Press is a department of the University of Oxford. It furthers the University's objective of excellence in research, scholarship, and education by publishing worldwide. Oxford is a registered trade mark of Oxford University Press in the UK and in certain other countries

Published in Hong Kong by
Oxford University Press (China) Limited
18th Floor, Warwick House East, Taikoo Place, 979 King's Road, Quarry Bay, Hong Kong

First Edition published in 2015

ISBN: 978-0-19-942547-1 PB
ISBN: 978-0-19-942545-7 HB

1 3 5 7 9 10 8 6 4 2

浮 花

楊 凡

毛姆說文章下筆要像電報。

子明趁便瞄視了一下這簡單公寓的一切。靠近廚房的一個角落，整齊地放滿了印着西洋商標的紙貨箱，這也適當，因為聽説女主人是舶來奢侈品的買辦。另一個角落卻堆滿了書籍，擺放在修竹的書架上還不夠，地板上也放了一摞摞。這個角落的書本，看來本本都翻過，立即出賣了女主人對文字的飢渴。牆壁上也不見任何吊鐘掛曆和裝飾，只簡單地懸掛了一幅魯迅的柯羅版書法。書桌上的鏡框放了一張美女照片，豆蔻年華，巧笑倩兮。也只有這張照片，可以把奢侈二字與這間房子扯上關係。

「樓上畫家」之「春風沉醉的夜晚」

目錄

花團錦簇

花團錦簇

哈哈，哈哈哈，哈哈哈哈哈！大解放的日子終於到了。黎老闆開心，讀者開心，我更開心。真是哈拉璐璐感謝讚美主。「樓上畫家」之「君子協定」終於被我寫上一句：全文完。

五十九個禮拜，將近十五萬字，從來沒有想到會有一個機會，讓我暢所欲言的寫一篇自己想寫的長篇小說，還有一個亮麗的舞台發表，配上真正「樓上畫家」註馬明的插圖，港台兩家《壹週刊》同步發表，好不威風！在這五十九個禮拜裏，我認識的朋友們，虞美人虞媽媽蘭姨子明傑米大衛向紅冰冰小侯陳樣小燕子香桂桐和他的上流社會的太太們子女們，似是而非的勾畫出一些Vanity Fair的浮世繪。

話說五十九個禮拜之前的六個月，當《楊凡時間》方才面世，就收到黎老闆的電話，約稿為《壹週刊》寫專欄。雖然我的許多朋友都以不買《壹週刊》為榮，必須承認我的工作室每個星期都有兩份「壹仔」，港台各壹，尤其喜歡台版的「坦白講」。至於書後的五六個專

樓上畫家之「虞美人」

欄，對他人文字有閱讀障礙症的我，甚少翻看。某次林美人說，她的丈夫曾指着雜誌最後的第二篇文章道：我不知道你們在《壹週刊》看些什麼，我看的就是這一篇。而我看的當然不是那一篇，自然不知黎老闆是個美食家又可稱為作家。

黎老闆問喜歡吃什麼，我隨便說了一家幾年沒去過的意大利餐廳。菜單送上又問點些什麼，我說就是沙拉和意大利粉，他也省得花腦筋，照樣。簡單稱讚在下新書兩句話後，就直接殺入正題，說是專欄完全自由發揮，其他一切總編輯會和我聯絡。

其實這是我第二次和黎老闆見面，第一次是跟着黃霑上黎老闆青山道的家。記得他的那個家掛滿了丁雄泉七彩繽紛的畫，養了許多條狗。那時好玩的黃霑喜歡給我熊抱。記得那時他家有個不到十歲的兒子，黎老闆也給他熊抱，笑着說：假如我會同性戀就一定是跟我的兒子。自認不習慣和大老闆們相處，自然也就沒有發揮《楊凡時間》，黎老闆當然也不會記得在八九六四之前居然和我見過面。

意大利餐廳的晤面短暫過短暫，但是他說：楊凡你真有明星風采，一進來大家都望着你。

那天頭上戴了頂白色黑邊的巴拿馬草帽遮蓋那無毛之地，鼻樑上掛着一副黑超，完全白韻琴林燕妮加王家衛，餐廳眾客官能不側目。接着又是以同樣造型在文華酒店會見了總編輯李先生，給他看了些馬明的畫，說是會依照圖畫的靈感寫文章。李總編說，那可是會有村上春樹的feel哦！崇尚名牌虛榮的我，雖然從來沒有讀過村上春樹的文章，我那種不切實的飄浮感覺，您不用閉眼都可想而知。

為了報答這知遇之恩，當時心裏馬上做了個決定，要寫一篇既文字簡單卻又劇情複雜，多時艷情卻又偶然純情，既豪華風情卻又健康寫實的—長—篇—小—說。

這還不是噩夢的開始，黎老闆終於看了第一篇「芳華虛度」。完全荷李活的電影標題，有點印象派卻又帶些超現實的馬明油畫插圖，開場的第一個鏡頭就是米芝蓮星級餐廳「八部半」，開的是八二年瑪歌紅酒，出入真真假假盡是城中美麗人物，還帶出一位恍惚與林美人對號入座的虞美人。看來前程似錦，有得八卦。馬上通知台灣《壹週刊》轉載。

李總編輯興奮的打個電話告之，說是港台兩地《壹週刊》連載專欄，除了黎老闆就只有你的「樓上畫家」。自以為可以在這個美麗的文字舞台盡情歌舞之際，殊不知這才是惡夢真正的開始。

暫時別去談噩夢，談談一些輕鬆唯美的事物。

以往對「唯美」二字非常抗拒，總覺那只是盲目地追求一些漂亮的東西，空洞而不紮實，甚有貶意。年紀漸大之後，覺得自己不下苦功，不勞而獲，不能先天下之憂而憂，更加不甘心後天下之樂而樂。花甲之後，尚有個地盤讓你大放厥詞，上天對你還不仁慈？還想什麼金熊金獅金棕櫚金馬？

看過我那三本回憶錄的朋友們，大概也知道在下曾是一個時尚的唯美攝影師，似乎也曾經留下一些唯美的影像。如今既然不再抗拒唯美二字，就應該把歷年來的照片選擇性的呈現讀者面前。不是說時間就可以證明一切嗎？偶有自知之明的我，肯定過氣，但是這些照片是否過時，親愛的讀者請您老實告訴我。

曾經在一九九七年往紐約住過整個冬天，那時也曾想在紐約的時裝攝影界闖個天下，就在百老匯街租了一個三千多呎的攝影棚。在香港認識的超級名模 Billie Blair 介紹了一位叫 Savanah 的化妝師，她

雛模 Justine

的人脈非常之廣，而我又懂得在鏡頭前面哄騙那些名模擺出最美的姿勢，於是從 Billie Blair，Peggy Dillard，Alva Chin 這些朱古力名模開始，後來連 Sara Kapp 和許多當時曼哈頓的一線名模都成了我集郵的對象。

為了慶祝「花好月圓」的結束，這裏我送上一張「花團錦簇」的少女裸照。

這張刊登在《楊凡十年》三十八年前的舊照，這個叫 Justine 的女孩，還帶有 baby fat 的身材，臉上薄施脂粉，手上拿着一朵玫瑰花，身上沾着朝露，赤裸裸的站在攝影機前，怎麼可說是花團錦簇？話說今年春節上北京「萬荷堂」給我真正的老朋友黃永玉拜年。送我一幅水仙花，上題「水仙三稈」，永玉說為什麼畫上只有兩稈水仙？我答賞畫的人不就是第三稈。永玉但笑不語。

明白了嗎？您們，我親愛的讀者，就是那花團錦簇。再說，在半真不實的小說結束後，我和您們之間，講的都絕對是赤裸裸的真言。

註：自由藝術創作人馬明，曾替《楊凡時間》《花樂月眠》二書插畫，其畫室設在敝工作室樓上，故呼之「樓上畫家」。

後記

翻開這些一年前的文章，不由得馬上想起董橋老師那篇「夏先生」，說是夏先生志清英文練得明淨不在話下，寫中文更加格外用心，總想着寫得乾淨清新，寫完重讀還是覺得好。文章寫完還要將文字反覆揣摩，冗詞陳句一概不留，為的是有朝一日溫故知新，斷然無悔。

又見林美人新近撰寫黃永玉，引用先生談話，說是沈從文《邊城》改過一百遍。難怪描繪湘西，景致民俗人物感情字字珠璣。

創作可真是像戀愛一樣，高潮來到，什麼都是好的對的。夢醒之後，回顧過去，並不是每本小說都是《邊城》每部電影都2046。最要緊是對得起當下。

「浮花浪蕊」四字只可以算是自己在《壹週刊》五十八個禮拜與文字戀愛的一個形容，當然不希望失禮，卻也完全不值得驕傲。但在遊戲人間之際，得此機會與舞台大放厥詞，有若沉醉鴉片雲霧之中，何等幸運。

忽然看見，我的戲劇導師邁克先生在他專欄中如此敍寫：為了出鋒頭而一個不小心寫上癮的楊凡……

真是一針見血。為什麼要寫作？有話要說嗎？話說的對嗎？好嗎？有建設性嗎？有人要聽嗎？還有道德觀呢？份量輕重？別告訴我在結集出版的前夕，您突然來個自我反省，發現創作主題出發點出了問題？那麼多問號，文章肯定寫的真是不夠好。

忽然想起，董老師曾提及，毛姆說文章下筆要像電報。這「文章電報論」豈不也是一針見血？對吾等嘮叨不休之輩來說。

再翻回「花團錦簇」，一看，摩斯密碼在哪？還不是全然自我推廣，廢話連篇。真想地上挖個洞把自己埋藏起來。

萬花迎春

我的小說美夢隨着虞美人在「芳華虛度」的亮麗登場而開始。一個在台灣嘉義眷村生長的中學秀麗女生，上世紀六十年代隨着母親移居香港，在街頭被星探發掘，做了紅極一時的時裝模特兒。命運弄人，她的男朋友居然被自己親生母親橫刀奪愛，之後又嫁入豪門，相夫教子，卻發現前途似錦的愛子染上世紀絕症，痛不欲生……

奇怪，我寫了十七個禮拜的文章，怎麼一百個字不到就把故事講完了？

第二段「風流韻事」就更加離譜：一隻神秘的國寶級圓明園夜光杯，在拍賣場上出了岔子。北京來的女拍賣官向紅女士為了查明真相，找到台灣年輕鑒賞家小侯，替她探查個水落石出。卻沒料到這英俊的山地人是個摘花高手，約會當天，向紅女士就碰上小侯的一夜情模特兒冰冰小姐，三人就在公寓房間裏和走廊樓梯上，裏裏外外走來走去，王不見王，一天發生的事一寫就二十一個禮拜。

「芳華虛度」

本來總編輯說字數最好不要超過一千六百，這樣圖片可以大些，讀者閱讀也容易些。但是已經來不及了，寫出癮來，每篇起碼超過兩千字。心想，本來一千六百字就收貨，我再免費送多幾百字，便宜了你。

於是第三個故事「君子協定」開始，講的是香港豪門恩怨。齊人香桂桐一妻四妾，群鶯亂舞爭風吃醋，十足《壹週刊》社會版新聞報導。你看，就兩句話，把整整二十一個禮拜的每週兩千五百字都寫了出來。這不就是把自己的快樂建築在讀者的痛苦上嗎？這種做法是會有報應的。

於是我要告訴你噩夢的開始：

最初的幾期確實有些新鮮感，讀者好奇想看看到底什麼一回事。初看像是隨筆，有時又像散文，有孤芳自賞嫌疑的我，又不能一開始就來個導讀篇。你算老幾，第一次在雜誌上連載就要導讀？內文中確實有許多真實的人物穿梭出現，但是主角虞美人雖說是大中華「美」的代言人，同文林才女在時尚界卻怎麼也找不到她的名字。讀者開始糊塗，不能對號入座。問：你寫的那些人物是真的嗎？你是在寫小說還是散文？我們怎麼抓不着重心？

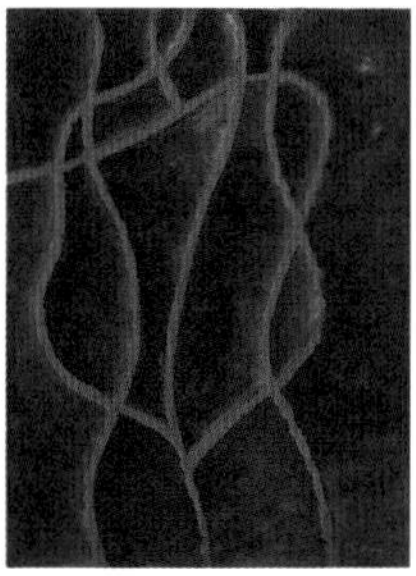
「迷魂記」

「愛染桂」

必須承認，這時我所有的朋友都會告訴我：看不懂。

貴婦朋友孫小姐對我說，你的寫法非常跳躍式，我在洗頭店裏順手拿來就看，也不知先後期數，看得更加跳躍，像是自說自話的藝術電影，只有你懂。潮！

最初的目的，是希望每週寫一篇個體戶濃縮劇，有點像《聊齋誌異》那般簡潔，將來若把它們連貫起來，就可成一個章回小說。但是隨筆並不代表散文，散文更不成小說。

朋友的朋友 Alex 直截了當地對我說，別以為小說容易寫，你寫的虞美人我真看不下去。但是和虞美人一字之差的林美人不知是愛屋及烏，還是好奇心驅使，雖說每個禮拜都細嚼拙作，實則查看字裏行間是否有杯弓蛇影之嫌。等到第十七個禮拜虞美人遠遊南非好望角之後，林美人深深透口氣，放下心頭大石。以後翻到「樓上畫家」，只會欣賞馬明畫作，說是得到畢加索夢中真傳。

一個剛走出花園，另一位又進來踐踏草地。

於是有台北名媛伊莉莎白太累小姐的出現。這位國民黨將門之後的閨女，對「風流韻事」中的二位共產黨佳麗向紅女士與冰冰小姐甚感興趣。每當在下靈感枯竭之際，太累小姐總會以紅色娘子軍的身份一人分飾二角，或以電話，或以電郵，或以WhatsApp的方式，情挑那虛擬的男主角山地郎俟西門（或許我應該官式用「原住民」，但是總覺「山地」二字非常性感）。結果害得二位小姐在「玫瑰公寓」上下樓梯，就花耗了一個月的時間。

孰知二十個禮拜之後，當冰冰小姐走進了陳樣（日語讀San）上海紅寶石路的公寓，準備正式進軍台北一〇一電子市場，這時香港香桂桐一家人又正式登場。

當發現自己連文革樣板戲《紅燈記》都還沒開唱，整個「風流韻事」就已經落幕，國民黨籍的伊莉莎白太累小姐當然不高興，說在下假借試鏡之名，套取她對每一個角色的真感情，之後才發現所有的角色都是作者您自己。最後完全不留情面地說：台灣歌女小麗花嫁入香港上流社會做三姨太，沒啥新意，我不會再受騙給你任何內幕的感情。太累小姐於是首先逃避巴黎，次而移民東京，對「樓上畫家」不聞不問。

老天！打從「芳華虛度」開始，林美人就警告我，寫的題材太婆

文革樣版《紅燈記》

媽，不會有男性讀者。於是在「風流韻事」，加入拍賣場的種種並附送S&M，希望能挽回一些市場。但是朋友的朋友Alex又說，真男人是不看小說的。假如再繼續寫下去，肯定會被炒魷魚。好，就破釜沉舟一番，「君子協定」中，亂倫同性變性種種情愛炒成一堆大雜燴，最後還要兩位主角同坐UFO上太空，唯恐天下不亂。

我親愛的讀者您以為我不怕被炒魷魚？於是打了這樣一個短訊給黎老闆：告訴您一個好消息，長篇小說在一週年之後會暫時結束。「樓上畫家」將以眾讀者喜歡的散文姿態出現，和「蘋果樹下」的楊凡PK一番！比「蘋果樹下」的楊凡還要好，因為有楊凡拍的照片……。

沒骨氣吧！但是做人也要講些道理。一份賣錢的週刊讓你醉舞狂歌了五十九個禮拜，好歹也得寫些看得懂的文章。於是讓那些紙上的朋友們開始無限期休假，也趁着真正樓上畫家馬明前往曼谷尋找新靈感之際，誠意的獻上一張一九七七年拍的照片，名模Sara Kapp。

假如你在七八十年代時尚過的話，一定會留意到歐美各大時裝百貨店的窗櫥，甚至乎香港的連卡佛，都有見過貌似Sara的

mannequin，永遠穿着最時尚的服裝。沒錯，那些時裝公仔其實就是照着 Sara 度身訂做的。三十六年前的老照片，畫中人是否仍然型過有型？

超模 Sara Kapp

後記

中學住在半山聖士提反附近的「柏道別墅」，樓上有位陳小姐，進出都有私家車接送，只要出現在電梯口，永遠都是風景一片，頭髮刮梳得既蓬鬆又光亮，旗袍柔軟的將曲綫包裹得玲瓏浮凸，夏天少不了太陽眼鏡，冬天加件明克短襖，都可以突顯得出她與眾不同的氣質。

陳小姐不知是否天生高傲，從不和左鄰右舍友善寒暄，即使電梯口相遇，打個招呼哈囉一聲已經是天大面子。就因為這聲「哈囉」，住在大廈的孩子們喜歡叫她「密絲哈囉」，當然她從來不會知道。

大廈天台是公家之地，孩子們總也喜歡在這裏看下東家長西家短，但是陳小姐的單位卻總有棗紅色絲絨窗簾深深的保護房間裏一切的秘密。有趟陳小姐家中宴客，衣香鬢影，客似雲來。孩子們故意擠進電梯，隨着西裝筆挺的賓客來到門口。陳小姐開門迎接。入眼的是客廳裏鑽石般的水晶燈，鑽石般的陳小姐。即使只有驚鴻一瞥，這場景怎麼和邵氏國泰不是一般樣？電影裏只有陳小姐一半的真實。

暑假時陳小姐的兒子從英國回來，年紀和你我相若，氣質肯定是將來的牛津與劍橋。整個暑假也沒打過招呼，更別說玩在一起。

暑假過後，兒子大小行李由司機送到啟德，陳小姐也搬去了淺水灣。

那是我記憶中和奢華第一次最近距離的接觸。從此之後也對淺水灣有種不能自拔的着迷。從灣道上每一幢獨立的花園洋房開始，嘗試尋找隱藏在那些宅第中不可告人的秘密，那些錦衣玉食的美麗人兒……或許其中有位當年的陳小姐。

是的，在「花團錦簇」之前的小說文字，講的就是一群曾經光輝的過氣美麗人兒，在西下的夕陽中，仍然毫不妥協地與命運博鬥，希望找回屬於自己的音樂節奏。

雖然三言兩語形容簡單，亦可長達另一本逝水年華的追憶。如此的野心更需要細心。自知成事非一朝一夕，只有暫且放下這些文字的速描。對自己說聲：「努力！」

花影月移

於是 Sara Kapp 換了件衣服，銀白色釘珠通花短背心，反穿，真空，曲線畢露，看來真像法國 haute couture 特別訂製，實際上卻是中國舞台戲服。

白雪仙看了說是花旦穿的雲肩之類。裏面當然應該有個護領，再加件薄綢內衣，外上真絲燈籠水袖，最後才來這件閃亮的通花小背心。您這樣真空露點，只可送一個字：「妖」！

一般中國戲曲演員個子都不會很高大，但是身高近六呎的 Sara 穿着起來卻一點點也不嫌侷促，接着擺了一些她心目中的中國舞步，卻也有點黃柳霜的味道。

說起這件衣服可真另有來頭，我的朋友周龍章說這件是梅蘭芳的戲服，在紐約有緣整批買下，隨便挑選幾件給西洋模特兒寫真留念，也可以宣揚一下中國文化。這組照片雖然別具特色，但是唯一和梅蘭芳扯得上關係，就是 Sara 看來也像男人扮演的女人。後來在雜誌上

真假梅蘭芳雲肩

刊登照片，也特別聲明這是紐約收藏家的梅蘭芳戲服。

事隔多年，正在觀賞張繼青《牡丹亭》的當兒，突然之間一陣電光在我眼前掠過，想起三十年前Sara穿的那件釘珠背心，是真正梅蘭芳的戲服嗎？梅蘭芳的青衣戲服不是多數用刺繡嗎？粵劇的大老倌們不是特別愛用閃亮的珠片嗎？我的朋友周龍章又拋下了許多問題來考驗我的福爾摩斯頭腦。

假如您看過「流水789」的話，一定對周龍章有深刻印象。拙文冷嘲熱諷，似乎對他沒一句好話，還算是朋友？您錯了，沒有交情怎可如此放肆？您以為我隨便讓周兄龍章在文章裏，帶領甄妮葉蒨文李麗華白雪仙等等又等等亮相登台？月初紐約中國電影週又傳來消息，站在林肯中心舞台上，周兄龍章美髮童顏，逆齡二十，台下掌聲則蓋過主角趙薇導演。

回想他四十年前來到倫敦進駐寒舍，第一件事就把他兩個月沒修理的頭髮剪得光光。和他分手多年沒有聯絡，看見香港出了位攝影師楊凡，肯定不是在下，因為當年歐洲之遊唯獨倫敦沒有照片留念，說是借用在下照相機的緣故。我在香港搬過的幾個家他都作過客。他說

張繼青授坂東玉三郎《牡丹亭》

美國也有幾個家，但是我只住過紐約的一個，其餘對我來說都是海市蜃樓。除了在「流水789」中教我機場的自我宣傳本事之外，其他的伎倆更多。譬如卡特總統就職，他說我們一起到白宮去御前表演，我說沒帶舞衣，他說機會難得馬上從香港寄來，我也當真，幻想自己在白宮總統府穿着舞衣跳出天下第一舞。白宮是去了，但卻是在門外草坪的大眾同樂表演。他教我要把消息發到香港，我也真是做了。自欺欺人數十載。

在習近平上任書記前，聽說他可以和彭麗媛直接聯絡。他以前有位華府貴婦朋友，聽說是蔣經國的女人。他還告訴我上海的明星花露水是他家的，還說那最有女人味的電影明星李小姐是他的二媽還是三媽。真是有點像「君子協定」裏的香桂桐家，您問小說裏的大少爺是否就是影射周先生？當然不是。不過那佩玲姑娘小麗花的女人味，倒真是有點像他口中的二媽還是三媽電影明星李小姐。

許多人都說，我對變性人和人妖的題材有特別的偏愛。就拿早期的電影《海上花》來說，女主角姚煒就曾被外國人誤認為人妖。為什麼？因為她比女人還要女人。我不知道這是恭維還是諷刺，但是當你還不是女人的時候，而又特別想做女人，得到了機會，就要交上雙倍的學費與成績。無論從身體或是聲音的語言，都會比真女人有過之而無不及。姚小姐就是因為女人味太濃，而被誤認為人妖。但是六齡後的夏木瑪麗，日本演藝界女人中的女人，忽然大發奇想地貼了鬍子在商店櫥窗出現，可真是替美男女打支強心針，誰人敢用「人妖」二字？

邁克先生含蓄地說我有某種情意結。後來把心一橫，索性到新加坡拍了一部《三畫二郎情》，也就是香港的《妖街皇后》，專攻人妖與變性人，一九九五年的作品，去年修復後還到柏林影展走過一趟。《三畫二郎情》可能是新加坡電影史上第一部三十五糎米劇情電影，拍的題材居然又是最受禁忌的黑街人妖，當然引起當地新聞界的特別關注。於是華文報紙人妖長人妖短，從試鏡開始就不停的報導，結果引起整個新加坡的人妖地下社會（假如有的話）不滿。說他們也是「人」，為什麼要冠以「妖」，非常歧視，要電影公司給個交代。

我說他們既男又女，是女非男，但是對唯美都有同樣的一個目標（能否達到目的則另當別論），不如就叫他們「美男女」吧！記得那陣子，新加坡的華文報倒真是把「人妖」二字改為「美男女」。但是呼叫了上百年的「人妖」老字號，又怎麼能被平淡無奇的「美男女」三字代替？幸虧還有古老師偶爾還會用「美男女」情意結來形容在下。

記得當年徵聘演員是在一間五星級酒店進行，有些是舞台演員，也有些發着明星夢的青年，令人驚訝的，居然有上百個真正的「美男女」（忽然覺得用「人妖」二字太帶貶義）來應徵。其中有個梳着馬尾，穿着低胸背心超短迷你裙把本錢完全外露的 Linda，卻帶着一臉說不出的滄桑，完全吸引住我。問他是做哪一行，他說在飛機場附近做流鶯，問他有沒有做過手術，他說自己仍然是男人，我說一定會用他，還要特別為他寫個角色。

幾個月之後，電影正式開拍，Linda 理所當然埋位。有一個鏡頭既要看到 Linda 的酥胸同時也要露出他的男性器官，他說沒有問題。於是我讓副導演去驗身，不到半分鐘副導演就走出來說 Linda 確實還是男人。於是這場雌雄同體的戲就正式開拍。

毛片終於洗出來。大伙驚訝的一看，銀幕上雌雄同體的下半部仍然是毛鬆鬆的小鳥依人，但是上身的酥胸卻像張洗衣板，一點效果也沒有，怎麼辦？我責問副導演怎樣去驗的身，他說這種差事太尷尬，

數秒鐘只見有鳥太緊張忘了驗胸。於是和製片漏夜跑到飛機場Linda工作的馬路上問個究竟。他的回答似乎也有道理：試鏡過後，你們電影公司一直沒聯絡我，我就當沒有了這回事，懶了，沒去打針吃藥，你以為我的胸是不需要女性荷爾蒙嗎？笨。

好性格。二〇〇二年在新加坡首演《遊園驚夢》時，王祖賢和我還到飛機場找Linda來看電影，之後在酒店暢談通宵。兩年前新加坡與當年「美男女」重聚，少了Linda，聽說他不在了。

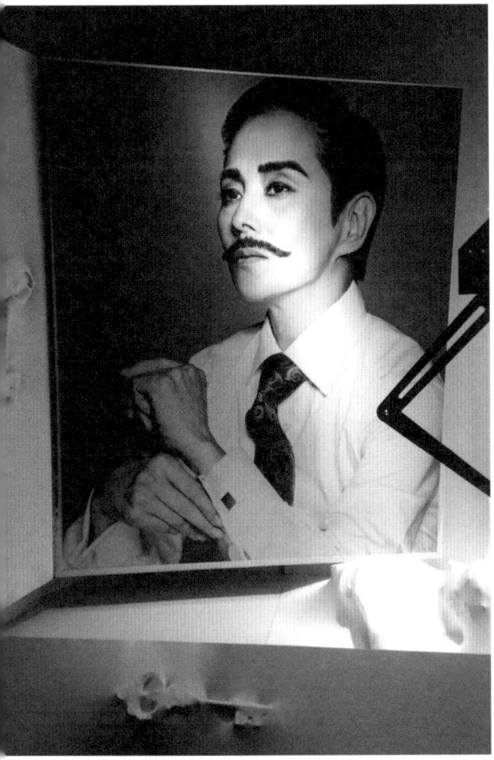

日本美男女夏木瑪莉女士

良宵花弄月

這位香桂桐的三姨太變性人佩玲姑娘小麗花是我在「風流韻事」最鍾意的角色。為了追求自己的想要，她膽敢在這妥協的社會中與命運作對，最後連性別都可以轉換。

這個最初連普通話國語都不會講的台灣鄉下小男孩，憑着自己的毅力，離鄉背井，來到台北過客東京落腳香港，終於入妾豪門。除了唱歌跳舞，還練得一口迷人的京片子。那是要經過多少風浪和男人。雖然那可惡的陸客向先生取笑她的口音，但她決不氣餒，說道：台灣人要經過多少颱風地震土瘠糧荒和政治起伏，才能做到今天這個地步。但是她沒有想到過，像大陸南下的向先生們，更要經過多少倍台灣人的苦難，才能走到今天這個強國地步。

向先生在小說裏只是一個模糊的角色，卻是一個男人女人都不能抗拒的魔鬼。我們對他的所來所往一無所知，只知道他男女老幼兄弟姊妹都亂睡一輪。偷呃拐騙，壞事做盡。但是為什麼沒有從另外一個

佩玲姑娘小麗花

客觀角度去了解這位向先生的所作所為？為什麼強國人要如此這般對待香港和台灣人？為什麼大家只看到他的壞？除了迷人的色相，還有其他的長處？玲姑娘就不同一般，她願意去面對及了解這魔星，還說出：這將是一個花好月圓的夜晚。

玲姑娘會是一個極好的心理醫生去開解不平衡的向先生。這滿心仇恨入世不深的向先生，肯定會情迷三媽媽玲姑娘。至於他們今後的發展，都得靠着您我親愛的讀者腦中的想像。

別以為陶醉玲三這角色，就認為我對人妖和變性人有特別長久深刻的認識，相反地我從來都是天真的，從來以為人妖就是變性人。心想，反正他們曾經都是男人，後來又是女人。其實這只是表面的看法，內心世界又是如何？還有那痛苦的手術又如何？

其實我第一次接觸到美男女，是在八十年代中期，白韻琴找了康泰旅行社贊助，整隊人馬路經新加坡轉機巴黎拍《玫瑰的故事》外景。周潤發那時有個來自新加坡的女友蓮妹，收得密密實實，沒人見過，聽說有名的「蕉葉」餐廳就是她家產業。既然來到新加坡，發哥就要盡下地主之誼，帶我們去沒落的黑街附近走走，說是那裏的菜餚特別

「心猿意馬」

可口，還有人妖開眼界。

那個年代的新加坡除了星洲炒米 Singapore Sling 之外，聞名國際的就是 Bugis Street 黑街人妖。在一九七五年越戰結束前，這個地方不單是美國大兵們休假時醉生夢死的天堂，也是一般老百姓最喜歡去的平民夜總會。

但是一個國家以人妖聞名於世，總不是件光彩體面的事。於是政府準備拆卸黑街建地鐵，順道清潔新加坡。所以發哥帶我們去到了拆除了一半的街道，有些大牌檔還在，一些零星的人妖陪遊客有神沒氣地拍照。我花了幾塊錢讓一位白衣女郎坐在大腿上抱着拍照。他說自己的藝名是林鳳嬌，說實話，當時心中確實有些生毛。

那次大伙往巴黎同坐經濟艙，周潤發張曼玉和張堅庭都沒帶助手，完全克難。發哥帶領所有的工作人員在飛機上嘻哈玩樂，還教我學會「鋤大弟」。居然大家在飛機上嘻哈賭博一陣，就已經到了巴黎。那時的周潤發真是令人難忘，風趣周到又隨意，所有工作人員沒有一個不歡喜他。他更好捉弄我，仿效我講不標準的法文，故意把 c'est magnifique 讀成 so many feet，笑破我肚皮。

新加坡妖街皇后 1994

那段時期，他更教我鏡位怎樣擺才不會反，對白怎麼寫才會風趣，簡直就是良師益友。本來想大家有意再接再厲，結果始終沒有合作成《海上花》，算是我年少氣盛的一大遺憾。

後來發哥終於做成了新加坡姑爺，而我也再次回到新加坡拍了《三畫二郎情》，一部完全顛覆了自己以往純情文藝路線的三級電影。

當年張艾嘉趙良駿和我聯合導演的《新同居時代》在票房上開出亮麗的成績後，該片的監製姚奇偉說有位新加坡老闆 Katy 想找張艾嘉拍電影，張姐沒空，於是我就挺身而出。

Katy 說什麼題材都可以，但是整部電影一定要在新加坡拍攝，她說要拍出新加坡有史以來第一部電影，還要有國際市場。我想到六七十年代的新加坡在外國人眼中的印象就是人妖與黑街，題材有爭議性，說不定還會去康城拿獎。Katy 覺得這是一個好的主意，從來也沒人拍過這個題材，一拍即合。

到了新加坡之後，Katy 介紹了許多她的朋友給我認識，一看，怎麼都是變性人？而且個個美麗得令人窒息。她說這是讓你體驗下生活。其中有位美女不單纖細動人，聲調委婉猶如出谷黃鶯，就是男人特徵的喉骨，也完全不留痕跡。她說做真女人手術過程中，最難過就是磨喉骨。

Katy 和我發「國際夢」的當兒，荷李活巨片《天與地》的女主角姚志麗也到了新加坡，說是想在新加坡找個機會拍電影，大家又一拍即合。

走國際路線的第一步，有了姚小姐的助陣，似乎成功了一半。但是姚小姐又不是人妖，這故事應該怎樣寫？於是找了陳果到新加坡，住進一家三流「新新酒店」，寫了劇本的第一個稿。講的是一位落難白雪公主在人妖「星星酒店」中成長的故事。

那時的新加坡已經名列亞洲經濟小龍的前茅。許多高樓大廈在市區中方興未艾，但是對保護代表性的舊建築仍然不遺餘力，於是撥出三棟老房子，每個月只收象徵性的租金給電影公司拍戲。這些舊房子真是五十年不變，不單間隔保持原汁原味，就連後院的廊壁斑落的灰水，都像趙無極的抽象畫。Katy 找了許多五六十年代的道具和傢俬，加上美術指導馬明從香港帶來他收藏的許多舊燈飾，馬上變出一家有模樣的南洋時鐘酒店。

妖街上的姚志麗

這是「樓上畫家」馬明替我第二次做電影美術，也是最後一次。他有很巧妙的手，用一塊簡單的白布就可以把黑街皇后包裹成美艷親王，隨意拍的定裝照，讓他畫隻白孔雀，就是海報。他說你們拍電影太馬虎太虛假太快，我趕不過來。但是他做出的「星星酒店」，卻還真是一等一。

本來以為這偏激的題材在新加坡會困難重重，拍攝時卻沒有遇上任何政府的阻礙及壓力，上映的時候，電檢處居然一刀不剪。反而香港不單限制三級，還將男主角林偉亮的裸露鏡頭連剪三刀。

曼谷妖街皇后 2015

花非花

無巧不成書，正當我還在緬懷十八年前星洲拍攝《三畫二郎情》之際，忽然傳來新加坡電影金馬獎奪魁的消息。

小成本又沒有卡士的電影，居然擊敗了香港大陸的億萬製作。石破天驚當然會引起蜚短流長，起碼在網上就看到影評人舒琪先生對我的朋友邁克先生小小筆伐，關鍵是懂看電影不。

其實藝術這門東西，每個人觀賞角度都不一樣，這部平易近人的電影，應該沒有懂與不懂的問題，喜惡各自有別。想起我第一次接觸「品味」這個字眼，總喜歡說某人衣着沒有品味，我的好友曾慶則說，「品味」每個人都有，只不過有上下好壞的分別。於是馬上就學到嘢。

新加坡的電影終於繼《小孩不笨》之後，又憑《爸媽不在家》大放異彩，成為華人地區的話題電影。刀仔鋸大樹，小成本賺大錢，這是一般人眼紅的地方。但是導演陳哲藝在不經意的日常生活中，流露出那種嚴肅而又帶幽默的創作態度，把一個亞洲經濟危機的年代，用哀而不傷的流水行雲手法表現出來，卻是讓我這個自稱拍了新加坡有史以來第一部電影的導演，眼紅。

我妒忌他有廣闊的視野，有細微的觀察，有不外露的聰穎，有文字和電影語言的說服力。總之看了這部電影，心中確實興奮，嘴皮上雖說是不平衡，買不到好位子還要替電影公司高興。正當我徘徊在小心眼的邊緣，甄妮小姐忽然來電，說，新加坡電影中了金馬頭獎！好像獅城第一部電影是你拍的耶，是講什麼「阿瓜」（人妖）的。我沒看過，聽說也沒什麼人看過，拿個 DVD 來吧。唉，甄小姐講話還是那樣不加修飾直截了當。

其實新加坡地方雖小，人才卻也出類拔萃。您看這張四位美男女與吾等的合照，就是出自相中新加坡的國際級名攝影師 Russell Wong 之手。還記得第一趟佳士得在香港舉辦攝影作品拍賣，Russell 拍的成龍大照片就賣了個滿堂紅。當年他聽說我要拍第一部星洲本土電影，義不容辭替美男女們拍造型照，還派了徒弟一路跟着拍劇照。這年少英俊的徒弟居然和女主角之一的蘇菲亞談上戀愛。還記得小帥哥攝影師第一次來到片場上班，確實有些不慣，時常擺出男女授受不

電力充沛的甄妮小姐
忽然來電

親的防線，沒多久居然會和蘇菲亞墮入愛河，整個人變得更加開朗男子氣。

這蘇菲亞是一個非常秀氣的變性人，青春活潑，大家管她叫「黑街鍾楚紅」。有一場戲，我讓她有一個二三分鐘的長鏡頭表演，訴說她變性的經過，為了即興，不備台詞。誰知她在鏡頭前講了三分鐘還沒入主題，馬上叫cut。心想這樣拍攝要花費多少菲林，把心一橫，回到酒店公寓，自我投入替她寫了一份變性台詞，第二天居然one take okay。

蘇菲亞並非黑街流鶯，她原本有份文員秘書工作，在沒有參加拍戲之前，公司裏沒人知道她是變性人，影片開拍上了報，公司居然炒她魷魚。大家姐Katy說，以後妳就在我電影公司上班吧。記得在殺青酒的那天，蘇菲亞和劇照師真是郎才女貌沉醉在愛河中。之後聽說他們又分手了，這就是人生。

照片中那金色短髮的是劇中人Lola，他是個受過戲劇專業訓練如假包換的男演員，但是在那個舞台表演貧乏年代的新加坡，很難發展自己的理想。面試那天穿金戴銀地走進試鏡間，大動作將履歷照片攤

蘇菲亞和莎莎嘉寶寬浴前後

開在桌上，說自己曾在百老匯演出《蝴蝶君》，還說自己是個百分之百的處女。一聽他如此言行舉動，就知道Lola這個角色非她莫屬。他也完全投入這個角色，所有的旗袍都是自己訂做，要求有私人化妝間，並帶着自己私人化妝及髮型師兼職私人茶水，完全五十年代香港電影明星派頭。

我說他要像于倩那般風情，他則說我不知道誰是于倩，但是我會比她更好。果真，他火辣風塵，玩弄男人卻又被男人玩弄，賢淑不足，淫蕩有加，遇上所有健碩的男子，那不正經的手就會往他們的內褲裏遊盪。整部影片就讓他由黑街開始從頭帶到尾，搶盡鏡頭，完全性格演員大明星風範。

但是那時的新加坡，又怎麼能容納此等異類份子？許多年之後，在張艾嘉的《海南雞飯》中，隱約見到他穿插其中，不無感嘆。

那個叫基哥的美男女，本身就是新加坡一等一的髮型師。來到酒店面試的時候，基本上所有的角色都已定案，但是Katy說這個人你一定要見，太特別了。他來到就開始和我們講故事：林青霞和東方不敗。那是百分百的自我創作，而他就在那裏演「東方不敗」，表情動

比于倩更妖艷的Lola

作對白絕不輸給林青霞。唯一不同的就是，他「忽男忽女」「是男又女」的色相，和林美人確實相差十萬八千里。雖然他卻有一種說不出的喜劇感，但又帶有某種淡淡的哀愁，他說自己是個孤兒，賺到的錢都要做慈善。於是靈機一觸，在「星星酒店」中又加多一個巴黎回來尋親的化妝品推銷員。

至於照片中另外一位比女人還女人的美女，忘了她叫什麼名字，就是那位曾說過變性最痛是磨喉骨的那位。我常懷疑，喉骨是軟骨，似乎不可動手術磨平，本想和她拍戲時候研究研究。可惜最後她沒有入組。

兩年前重返星洲重聚「星星酒店」住宿過的美男女。那位從巴黎回來的「基哥」，現在已是國際級的髮型及化妝師，有時也來香港替名媛化妝梳頭，除了包吃住，收費起碼五位數字以上，但是他還是不忘日行一善。Lola自己開了個時裝公司，有時仍在新加坡影劇圈中藝海浮沉，火辣脾氣依然。不知是新加坡容不下他，還是Lola這個角色辜負了他。蘇菲亞則下落不明。

其他你更不熟悉的《三畫二郎情》美男女，容我盡快交代：莎嘉

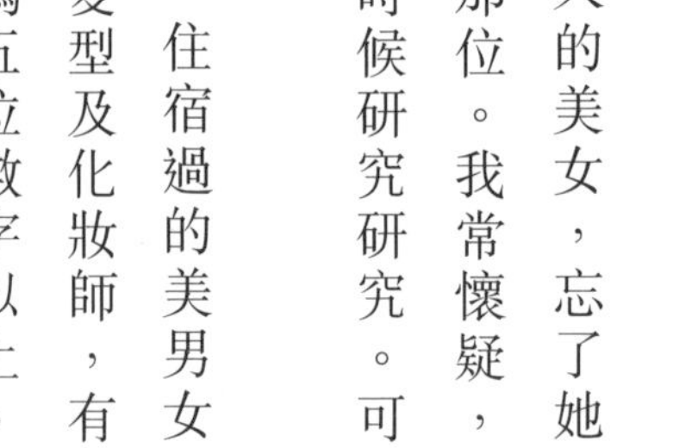

自我感覺不亞於「東方不敗」的Grego

寶現在已經心廣體胖，專門承辦婚嫁喜事。回想當年她帶着一位有軍人氣質帥翻天的男友來探班，大家說變性人可以有如斯下場，所有同志都要走進手術室。但是莎莎嘉寶說自己不是同志，生下來就是女人，只不過多了些男人的東西，把它拿走而已。

Linda 則說，不準備做女人，但是要享受女人的權利，他一直都是男人，所以不會進手術室，但是他也決不是同志。這個說法是否有點混淆？酒店另外一位住客瑪琪，豪爽世故，風韻猶存，頗有大姐大風範，像極台灣牛肉場的表演女郎。我一直懷疑她是位真正的女性，只不過女生男相，在女人堆中做不成美女，說自己變性則加添神秘吸引力。

這樣來描繪這些美男女，您是否想到「花非花」的下一句：「霧非霧」？腦子裏一片矇查查。

後記

創作之後，就想發表想被認同。

說我為了出鋒頭而創作，是的，出鋒頭就是站出來要被認同的舉動。絕不虛假。

影片不賣座書本不暢銷，得不到大家的共鳴，可能在出發點上就出了問題，怪不得天怨不得人。

於是再回望台灣拍的《淚王子》和新加坡的《三畫二郎情》，兩部影片在當地都好像沒有存在過。錯不在當局，錯當然也不在自己，錯在「電影」這兩個字。居然愛了它一輩子。

電影，你今天算老幾？

霧非霧

「風流韻事」中的男主角侯西門可是一位天賦異柄的奇男子。他的父親是個嗜賭如命的司機，在楊凡一貫俊男美女的作風下，當然也是英偉不羈，不單娶了酒國名花，更和空閨寂寞的女老闆有一手。可能從小看見父親周旋在兩個女人之中，直至筋疲力盡，所以養成小侯自幼對名與利，愛與慾，都有一種莫名的無所謂態度。

某次在佛羅倫斯機場看見廣告上一位美少年，驚訝地說，這就是年輕的小侯，氣質都像，除了稍微過份時尚。

小侯專長古董藝術品。雖然出身卑微，卻能無師自通，洞悉中西藝術互動交流的巧妙。替多少身份不明的寶物，找到了它們應有的身份。在世俗傳統的窠臼下，卻從來沒有人會稱他為鑑賞家，因為他不是正式科班出身。

在這種自傲和自卑的矛盾下，形成了小侯玩世不恭的思想與態度。二十一世紀來臨後，懂得中國古董字畫的人，就等於有了點石成

像小侯的廣告模特兒

金的本事。小侯當然也用過這個本事，賺過許多人都看得到的金錢。但是他不是個揮霍無度的人，那些賺來的錢都到哪裏了呢？他為什麼還住在上海哪個小小不稱頭的「玫瑰公寓」？或許他的錢都用在一些看不見的地方，替許多人解決錢能解決的問題。其實他的本身就是一個苦海慈航普渡眾生的菩薩化身，沒有好壞善惡之分，只要是需要，他就可以將自己奉獻。

正當我在尋找這個角色的靈感，某天在台北的南門市場前，看到一位西裝筆挺的司機，站在黑色房車旁等候。這男子有很深的輪廓，清朗的外表，一看就是山地人，不講手機不周圍望，有種現在台灣少見的軍人氣質。我望了他大約十來分鐘，整個小侯的形象就在腦子裏形成。沒多久他收到通知，就把車子開走。

偶然的是，小侯和向紅與冰冰的一日情寫完之後的十個月，某日上午，居然在台北仁愛路又遇上這小侯的Prototype。於是上前相認，說是把他寫進了《壹週刊》。我這陌生人奇怪的開場白，可把山地人莫名奇妙嚇了一跳，以為有些什麼目的。

我的這種與陌生人搭訕的習慣，一直為許多朋友詬病，但是總得只要沒有居心不良，也是正當的抒發情緒方法之一。或許彼此談得來，還可以發展正當友誼！在新加坡拍《三畫二郎情》的時候，我就在公眾泳池發揮過這種與陌生人搭訕的手法，倒還真正做到casting！基哥的那位醫院園丁男友阿財就是其中成績之一，他那健碩的身型，憨直的外表，不知迷倒多少男男女女。但是拍完戲之後，有若人間蒸發，不知躲藏到哪裏？查下演員表，還有個Kevin Ong的名字，不知十八年後，身材是否還是那樣迷人。我常取笑基哥，他的阿財身材最好人又老實，難得。他笑說，在戲裏我連他的手都沒碰過，只有流口水的份，心慌。

戲中Linda的男友那位南亞裔的帥哥，也是這樣找到的。記得那還是個夜泳的晚上，相中之後，才發現這位穆斯林原來是聾啞兄弟，幸好他在戲中不需要與Linda交談，只要睡覺。至於正面全裸的男主角林偉亮，信不信由你，在我第一部電影《少女日記》之中，就已經在游泳池邊出現。

人們覺得我的攝影及電影不是唯美就是純情，其實骨子裏，賣的也只不過是「色相」兩個字，而這兩個字的標準，在海灘及游泳池就

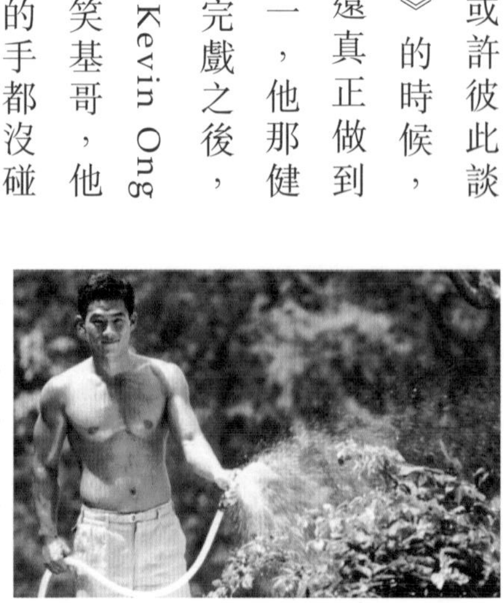

阿財，連手都沒碰過的男朋友

可以讓你清楚自然的一目了然。《少女日記》中的鄧浩光是我第一個在游泳池發掘走上大銀幕的男主角。雖然許多人都覺得第二男主角陳俊國較為俊美，但是鄧浩光那香港飛魚的身材還有一種説不出的女人緣，可以令許多少女及師奶情不自禁的喜歡他。那時他帶着十七八九歲的林偉亮在泳池邊做助教，也沒人正眼望林小弟弟一眼，誰也沒有想到，十年之後林偉亮居然毫無遮掩在《三畫二郎情》中出現。

其實遮遮掩掩的銀幕裸體，周潤發成龍張國榮都在銀幕上奉獻過給觀衆。但是記得香港影壇首次在35米釐大銀幕上刻意正面全裸的是功夫小子周比利，那是和三點不露的葉子楣小姐共同演出《女機械人》。接着有鄭浩南在《強姦》中簡單一露。電視演員陳錦鴻在關錦鵬《越快樂越墮落》中引起話題的裸露則是在逼近一九九七香港回歸及亞洲金融風暴之際。至於關導二十一世紀的《藍宇》，非但兩位男主角全面解放，更跨越尺度用男男戀的題材囊括了金馬所有大奬。

説真的，《少女日記》時期的林偉亮，還是帶有些大孩子的青澀。但是過了二十歲，在南華會泳池旁的他，無論在體態和社會經驗上，都開始流露出男人的魅力，眉宇間有種邪正不分的眼神。那時我給他

介紹了許多學員，從學生妹到昨日之星，沒有一個不稱讚他的教學，已故的溜冰皇后黃屏小姐帶領着大家叫他「師父仔」。

假如用金錢來衡量一個人的成就，很多時候我們都忽略了那些私人體育教練。他們的時間就是金錢，收入更是神鬼不覺，隱型成功人士。「師父仔」當然也不是例外。但是他很捨得花錢。有天看見他穿了一件Versace印花絲襯衫，問他價錢，壹萬弍仟港幣！在二十多年前，看見自食其力的年輕人這樣花錢，真是一種極度的奢侈。我不知道「師父仔」是享受那種奢侈，還是蔑視金錢的價值。

有些時候他也會請我喝個下午茶，談訴一下他的愛情觀點，我當然樂意傾聽。感覺他對自己完美的軀體有種不羈絆的隨意，似乎這肉身只不過是人世中一個暫時的寄居，因此可以毫不吝嗇地與眾同樂。他和小侯一樣，影片中抑或小說裏，每一吋肌肉都散發出性慾，我則說，這只不過是普渡眾生的一種方式。

三年前忽然看見他出家的消息，也並沒有太大的奇怪。驚訝的是，落髮之後的色相還是一樣，迷人。

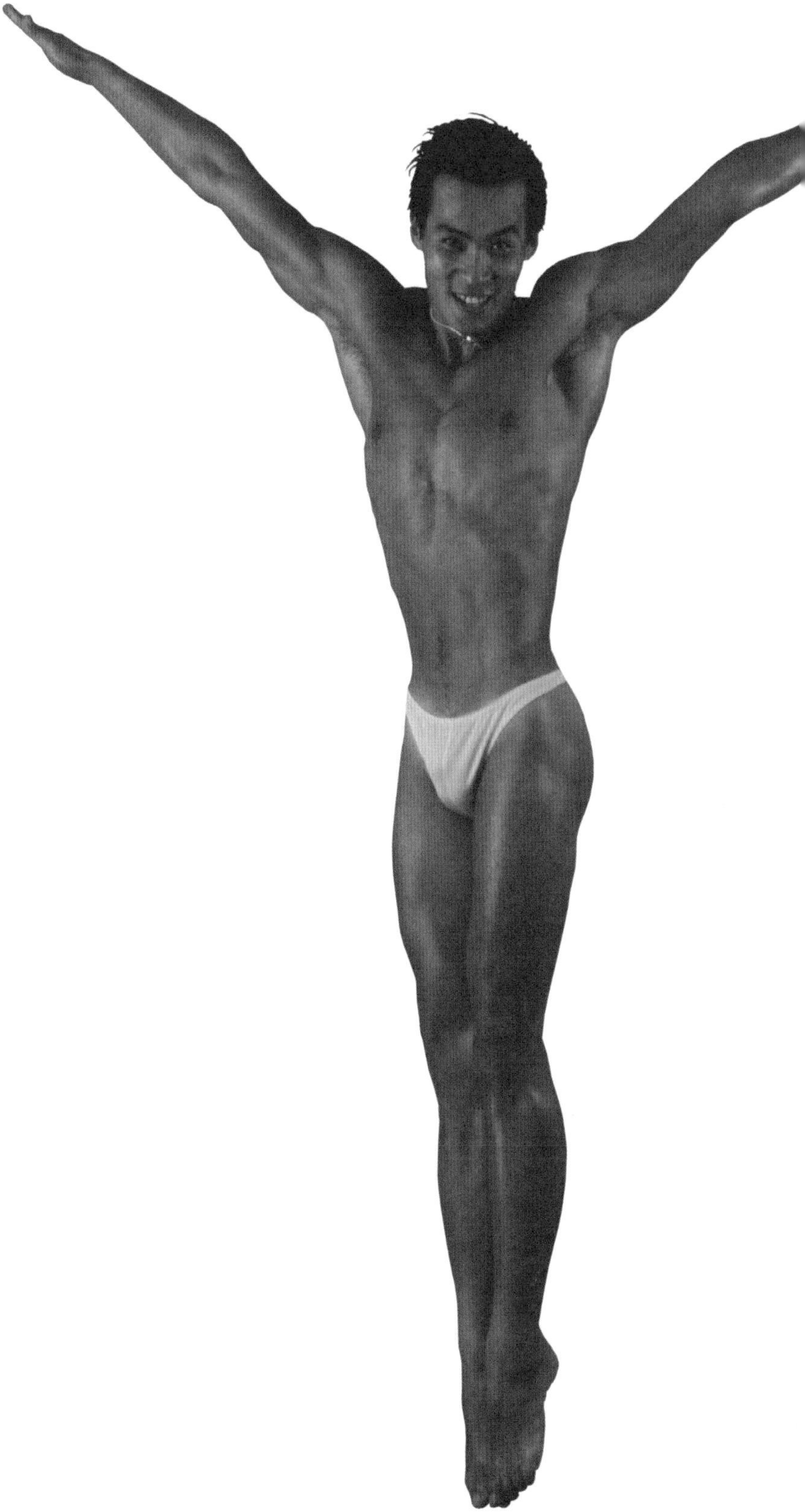

十字架上林偉亮

花月斷腸時

中國人素來生活的禮義之邦，自宋明盛興「理學」以來，就被一個假正經的金絲籠罩住，只會呼喊《論語》斷章取義的口號：非禮勿視，勿聽，勿動，勿言。完全忘卻了孔夫子也說過：「食色性也」這句名言。

想看美色，卻又禮義廉恥走在前面，斜眼也不敢一望。幸好也有出軌文學家寫出《金瓶梅》、《紅樓夢》、《牡丹亭》這等開放作品。

吾本生活在自己唯美純情的年代，十八年前，當尚未領略電影解放歪風的箇中滋味之際，居然前往清潔衛生的新加坡，毫無顧忌禁忌地拍了《三畫二郎情》，這樣一部違背所有人對我唯美期望的電影。有位好心朋友對我說，這部三級電影把人們以往對你《玫瑰的故事》、《海上花》、《流金歲月》等等的好印象，一掃而空。說到興奮之時，再加上一句：你將會被這部電影詛咒。

想當年 Katy 義無反顧地找我去拍這樣一部影片，彼此有共同感覺，這是一件突破性的工作，要抱着為藝術犧牲的精神，才選擇了這樣一個不為一般大眾接受或知道的題材。希望在那個還沒有完全解放的年代，打開一般人的眼界。就像 Lola 對女主角蓮說：你要知道這個世界有些人和其他人是不一樣的。

Katy 的遠見是要拍一部達到國際水準的新加坡電影，於是在攝影師鄧漢邦的帶領之下，浩浩蕩蕩的整套新進燈光及 Panavision 攝影器材運往新加坡，這也是我唯一一部用 Panavision 拍攝的電影，真有奢侈感。十八年後重新修復時，也可以感覺到當時攝影的細緻精巧。

這也是我第一部全部現場收音的電影。Katy 覺得所有的口音都應該完全採用新加坡英語，我也覺得新加坡英語別樹一幟，很有特色。卻沒想到影片拍成後，歐美的電影發行說新加坡英語不標準，觀眾不能接受，要 Katy 將整部影片重新配音，我和 Katy 則堅持要新加坡英語，誰知這時就是詛咒的開始。

影片在新加坡國泰的 Picture House 做了獨家放映。這是在新加坡當年唯一的藝術影院，座位極少，李安的《喜宴》就在這裏做限制級放映，幾乎連滿三個月。同樣是限制級的《三畫二郎情》就沒有這個命運。似乎新加坡人對於一部本土的人妖電影還是有些保留，再說由香港製作公司來拍攝，女主角還是越南難民，興趣原本不大，部分衛道人士更加覺得此片羞辱了新加坡。上片期間，負面新聞層出不窮，譬如說：有一批跑步的臨時演員，原來是準備當兵的新丁，訓練期間好奇出來賺外快拍了場浴室水戰，銀幕上居然看見自己全裸，說是要告上文化部。

新聞雖多，但是片中連場做愛與裸露，觀眾覺得，充其量也只不過是真男人與假女人或是再造女人在做愛，興趣不大。影片在新加坡應該不是十分賣座。

來到香港上映，戲院更加門堪羅雀，打破我歷來最低票房紀錄。記憶中女主角姚志麗從來沒有參加過任何上映的宣傳，她的演藝事業也沒有因為這部電影而一日千里，男主角則更看破紅塵，出家當了和尚。這部電影當然沒有去到康城，只不過去過幾個同志電影節，說得阿Q點，它總算替我在國際影展上走出了第一步。

影片當時拍攝成本大約一百萬美金，看過此片的國際電影人，都驚訝為何會投入如此大的成本去拍一部實驗電影。但是人各有志。記得在我們這部人妖電影拍得差不多的時候，Katy 雄心萬丈換了一個更大的工作室，找了位懂得紫微斗數的大陸女導演，說是準備籌拍一部關於赤柬的大時代電影。

《三畫二郎情》始終沒有令新加坡的電影走向國際。但是沒有料到，事隔數年傳來 Katy 和電影公司破產的消息。不知是否對新加坡失望，她全家移民美國，途中經過香港，相約在「中國會」晚餐。言談中她不但沒有後悔拍了《三畫二郎情》，且更雄心勃勃地想進軍荷李活。之後就失去聯絡。

自與 Katy 別後，對這部電影仍然常掛於心，總是覺得這部電影才是自己本色之作。也曾經數度想與破產管理銀行購買版權，卻不得要領。朋友說這部電影已經完全沒有商業價值，你還買它回來幹什麼？我想說，你懂什麼？這是我的孩子，我拍過最好的一部電影，這十數年中，我無時無刻不想念它。即使往後有更加異色更加綺麗的《美少年之戀》《遊園驚夢》與《桃色》，始終覺得《三畫二郎情》是我的最愛。

《美少年之戀》

終於在二〇一〇年成功地取得了影片的版權，準備重新修復，卻沒想到 Katy 卻在這時驟然病逝。

回想當初 Katy 來到香港，姚奇偉介紹給我認識，就覺得這是一個奇女子。那時她在新加坡電視台負責佈景美術。她帶了一套短片敍述新加坡的開國史，雖然只有十來分鐘，但是影片中的佈景與美術，卻是讓我刮目相看。

她毫不謙虛的說自己是新加坡的「美術女王」，她會讓這部新電影，在美術方面更上一層樓。她說要拍一部真正屬於新加坡的電影，要選一個真正屬於新加坡的地方性題材，但是要有國際共通性，要替被壓迫被忽略的人們說話。

工作時候的 Katy 真是能人所不能。還記得當時開拍之前，為了題材的問題，要說服許多政治部門，於是帶着我去周圍拜會。這不是簡單的事，這當然與日後新加坡送審一刀不剪肯定有因果。記得在某次拜會某位部長時，我說了一句：這部影片我們有位荷李活明星主演。部長回答了一句，你們這部影片有位演員主演過荷李活電影，但是她不是明星。哦！

Katy在她製作的這部電影也客串了一個「媽媽生」的角色，穿着雪白緄紅邊的旗袍，帶着一群美國水兵走向「星星酒店」，然後對着酒店內載歌載舞的美男女們說：妹妹，妹妹，妳們的朋友來了！她說最喜歡這個鏡頭，因為這個鏡頭象徵着她將好奇的外國人帶入五花八門五光十色的新加坡，看到了一些已逝去的美好時光。這，也可能是我為什麼不顧一切的艱難，想要買回這部影片，讓它重見天日的緣故。

修復完成的《三畫二郎情》，終於在六十二屆柏林電影節的IMAX戲院放映。在巨大的銀幕和立體音響下，人們驚訝這部影片怎麼沒有時光的痕跡。我則傷感的望着影片最後新添加的一行字：獻給Katy，一位新加坡電影的先驅者。

五十年代在台中成功戲院看過一部法國電影《花月斷腸時》，金童玉女亞倫狄龍和羅美雪妮黛主演，青春過青春，美麗過美麗，結局是哀怨過哀怨。真實生活中，金童已老，玉女的結局也如電影片名一般樣。

《花月斷腸時》

冬日的巴黎

地球真的生病了，今年冬天來得緩慢冷的異常。

以往即使風雪交加的日子，只要在巴黎，都會披上大衣圍條圍巾上街閒逛，享受寒風刺到臉面上那種自虐的快感，塞納河兩岸的蕭瑟景觀，自然有種獨特的淒涼美。

不知是否年紀大了，禦寒功能減退，只肯窩居樓上的小公寓，開瓶紅酒，切片火腿和芝士，看看房東留下的五十年代碧姬芭鐸主演的*La Vérité*。中文譯名《真相》，也曾提名奧斯卡最佳外語片。當年法國日本配合着小野貓自殺的新聞上映，轟動一時。台灣香港影迷則緣慳一面，原因是文藝又黑白，觀眾喜歡彩色又新藝綜合體。

唉！這當年上帝創造女人的國色天香小野貓，金髮碧眼曲線玲瓏，曾經替法蘭西共和國賺取無數的外匯，今年居然也八十了。假如遇上年齡相若的華倫比提，怕不會被問句「羅馬有三千歲，您貴庚？」這是當年二十出頭的華倫小弟，在《三月杜鵑紅》中青春洋溢驕傲地

《上帝創造女人》碧姬芭鐸

對四十盡頭棄婦費雯麗說的對白。半個世紀之後，不知有否青春辣妹對年華老去的比提先生重覆這句話？

話又說回，我的朋友邁克先生提醒在「現代博物館」有一個時裝大師 ALAÏA 特展，非看不可。提起這博物館，說來慚愧，往來巴黎數十年，還是第一次光顧。走到館外，居然看見中國畫家曾梵志的巨型個展海報，和馬蒂斯杜菲等等巨匠並駕齊驅。

進入館內，看見有位西洋人指着懸掛大廳中的曾氏巨作，馬上給了個數百萬歐羅的估價。接着口若懸河的述說自己藏有多少幅大師的作品，市值多少又多少，跟着說畫家現在乘坐都是私人飛機，在愛馬仕享有無限量購物信用。接着說起中國現代藝術的興旺，數數自己手頭上對張曉剛岳敏君劉野等人的投資，將來更是富可敵國。

這個外國人怎麼那麼多話又那麼多內幕？而我，又怎麼那麼諸事八卦站在那裏聆聽？原來藝術品和金錢掛鈎之後，可以令收藏者與旁聽者得到如此這般精神上的亢奮。想是中國藝術家有生之年終於在藝術之都巴黎抬起頭來。還是巴黎已不再是從前的巴黎？

於是又想起常玉潘玉良 Tang 海文（認識海文這麼多年，所有朋友都叫他唐海文，他也從來沒有否認過不姓「唐」，在他過世後，忽然發現他姓「曾」，改不了口，卻又不能替他改姓，唯有用他喜歡的簽名式樣）這些客死異鄉窮困終老的前輩，生前可沒亨受過私人飛機的待遇，如今卻也畫價高飆一紙難求。生活與藝術怎可有如此差距的諷刺？趕緊轉身前往杜菲館，看下那巨大無窮的壁畫。畢竟時代已過，小貓三兩。再轉往馬蒂斯館，陪伴着那些偌大的藍色剪畫是十來件ALAÏA招牌作品：其中一件黑色晚禮服，上面釘繡着成千上萬的黑色小玫瑰花，煞是好看，聽說這件衣服重達十來磅，是為了這次展覽特別縫製。

說起這位時裝設計大師的作品，鍾楚紅在《流金歲月》中也曾穿着過，邁克先生好奇地問是哪件？張曼玉生日那晚鍾楚紅送禮物，在樓梯口和梁舜燕在旭和道一號樓梯口聊天時的那件黑色皮套裝。很湊巧，那場戲張曼玉穿的是Thierry Mugler晚裝，兩位彼此相熟大師的作品，雖然同場卻不同時，因為蔣南孫靜悄悄瞞着朱鎖鎖一早偷溜去和家明二人燭光晚餐。

這ALAÏA先生可是少數具有國際名望而尚未被國際集團把自己

法國李麗華 Arletty

變成商品的設計師，雖然他和 Prada 有約在身，但是卻可以行雲流水來去自如。五十年代由突尼西亞來到巴黎發展，也曾替格萊泰嘉寶及法國李麗華 Arletty 精心設計 Haute Couture，八十年代為 disco 皇后 Grace Jones 設計了一系列貼身有如雕塑般的服裝，轟動全世界。他把自己比喻為一個雕塑家，似乎他的作品就只是為了美好的身材而創作，模特兒身上的肉一塊不能多不能少，可真是唯美過唯美。

時裝這門學問可真是需要日新月異，跟不上時代，或是稍微懶惰，或是經營不得其法，就要被淘汰。沒有幾個人可以像香奈兒那樣，經歷過時尚的革命叛國的審判歲月的摧殘，還可以隨着她的舊雨新知與時代並進，步入新一代的集團式經營，成為品牌的永恒寵兒。

我的朋友《秋水伊人》製片人遺孀 France Motte 就在六十年代做過經典設計師 Madame Grès 的私人秘書。她告訴我在夫人最後的日子裏，所有錢財都被身邊的經理人騙去，即使前往接受法國政府頒給他最高榮譽時，囊中已一無所有，只剩下一身的清貴。晚年住在孤獨的老人院中，甚至乎連衛生紙的錢都付不出。過世後，卻又得到時裝界最高尚的崇敬，真是莫大的諷刺。

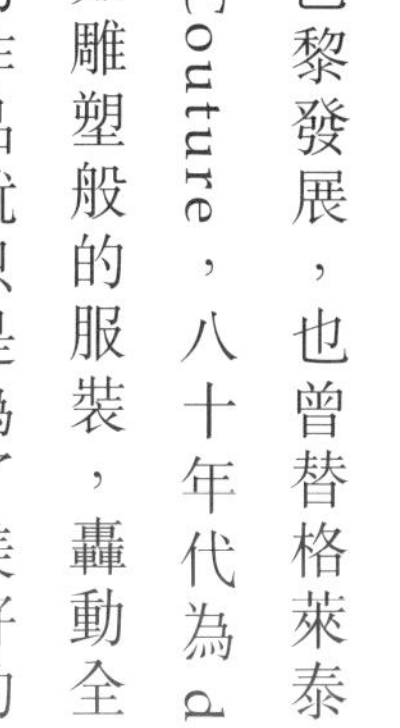

永恒的傳奇：嘉寶女士

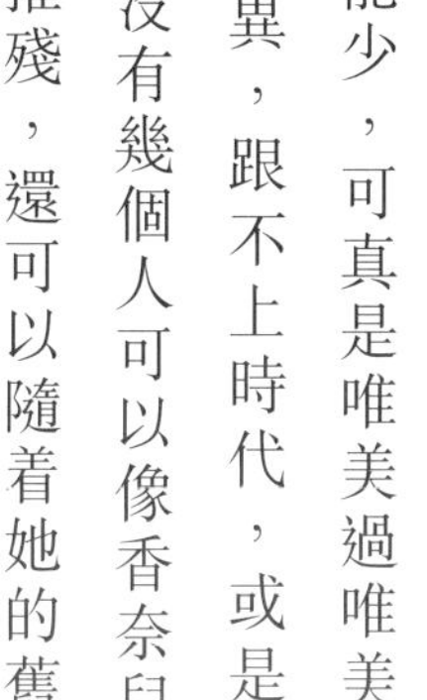

Madame Grès

但是也有好高騖遠胸懷大志的設計師，會栽倒在集團式的經營方針之下。BBC花了兩年半的時間拍了兩套紀錄片*Freaky Horror Show*和*Blood on the Carpet*：話說一夜成名的戴妃婚紗設計師Elizabeth Emanuel想藉着戴妃御用設計師之名，進攻更大的成衣市場，把自己品牌的名字賣給了某大集團。商人一向重利輕別離，於是將「伊麗莎白艾曼妞」的名字轉賣又轉賣，最後這個代表貴氣與豪華的品牌到了曼徹斯特印裔商人手中。

精打細算的印度人馬上要將戴妃御用設計師從倫敦的豪華工作室遷往工廠區。一向受慣皇家待遇又走過無數康城奧斯卡紅地毯的艾曼妞夫人，當然受不了這種委屈，於是進行罷工。法律訴訟自然難免，於是BBC就將這個一齣皇室御用設計師和印度商人在法庭內外的對罵，拍成紀錄片。一個說沒有香檳與玫瑰花就沒有創作靈感，一個說藝術不是單靠紅地毯與明星就可以成事。

鷸蚌相爭漁翁得利，BBC特輯當時雄霸收視率冠軍。法律的公正嚴明是絕無藝術與感情可言，艾曼妞夫人於是輸了官司，從此不能再用自己名字作為品牌。

巴黎現代博物館中杜菲壁畫

巴索里尼的羅馬

「品牌」二字是為何物？也只不過是對一些沒有自信沒有品味而又貪慕虛榮的消費者的一個保證。

但是在這個極速的社會，又有多少人會有心情去慢慢學習如何欣賞物件的箇中奧妙？然後大街小巷天南地北去尋找自己心頭所好？於是要靠着廣告和宣傳，來個速成速食，只要肯花錢，起碼買個心安。

唉，「品牌」這二字，沒有你不行 有你也不行，着實矛盾。

一看手錶，只餘半晝。冬日的太陽又跑的特別快，趕緊離開巴黎現代博物館，飛車趕到城市另一端的 Cinématèque「電影圖書館」，奔向邁克先生指示那非看不可的《巴索里尼的羅馬》。說是整個展覽可真是一位電影大師愛的教育，也是他電影的一生。

誰人又是巴索里尼？為什麼要說羅馬是他的？

記得第一次聽到巴索里尼的名字，是在六十年代香港的 Studio One。那是一個專放藝術電影的俱樂部，放映地點多數是香港大會堂，這是當年被譏為「文化沙漠」的香港唯一戲劇音樂舞蹈電影集聚一齊的殿堂，麻雀雖小五臟俱全。當年張國榮第一次現身的歌唱比賽就在大會堂音樂廳，盧景文的歌劇演出也是從大會堂劇院到音樂廳再到今日巨型的「文化中心」，亦舒也曾抱着她的單行本散文小說姍姍來遲去看那些法國新浪潮電影。

這 Studio One 的會員幾乎都是外籍人士和當時所謂的高級華人知識份子，所選的影片也都是坊間看不到的歐洲高檔藝術電影。英格瑪褒曼的《野草莓》《處女之泉》《第七封印》是當時眾人的最愛，蘇聯片《北雁南飛》《貴婦與小狗》，丹麥片《親愛的約翰》，法國片《廣島之戀》《天上人間》等等，這些在戲院看不到的非英語電影確實打開了標準影迷的視野。當年有部意大利電影《馬太福音》，《中國學生周報》諸影評權威說是意大利詩人巴索里尼的傑作，非看不可，但是一聽片名和《聖經》有關，沒敢去看，對巴索里尼的認識，一錯就過了三年。

一九七〇年遊學歐洲之際，在巴黎左岸拉丁區的小戲院，居然看到廣告板上寫着世界頂級女高音 Maria Callas 主演的希臘悲劇《米蒂

《馬太福音》、《處女之泉》

亞》，巴索里尼導演。

《米蒂亞》是希臘悲劇經典之作。話說女祭師米蒂亞的天職是守護權力代表的金羊毛，但是當她遇上前來盜取這寶物的捷生王子，不單愛上王子，還殺了自己親哥哥替捷生王子偷取金羊毛，同居之後生了兩個小孩。但是當王子移情別戀要迎娶大國公主之時，米蒂亞運用巫術殺死公主和國王，並且親刃與捷生的兒子，報復逝去的愛。

想當年卡拉斯閨中密友希臘船王奧納西斯忽然迎娶甘迺迪夫人積奇蓮，消息震撼全球。這強勢的卡拉斯又怎甘寂寞？雖然她的失戀宣言：「我失去了聲音，失去了身材，最後我失去了奧納西斯。」稍具自嘲，但是卻震撼性的打破行規接下巴索里尼的電影示威。記得當年歐美雜誌都說這首「愛的悲歌」就是卡拉斯對奧納西斯和甘迺迪夫人的詛咒。想到這些上等人的八卦，馬上迫不及待買張戲票前往朝聖。

雖然卡拉斯女士早年確實演過歌劇《米蒂亞》，但是詩人出身的巴索里尼，又怎肯拾人牙慧？於是拍了一套完全不是歌劇那回事的電影。

這是一部有別於荷李活製作的希臘神話，只有二字形容：古樸。

奧納西斯與瑪麗亞卡拉斯

瑪麗亞卡拉斯不但沒綻放她美妙的花腔女高音歌喉，就連對白也不多兩句。但是豪邁的造型，配上少見的粗獷服飾，走在當時尚未被炮火摧殘的敘利亞及土耳其的外景地，這位歷史上最偉大的音樂人，用她的肢體語言與淩厲眼神，完全打開了標準影迷的感官世界。

記得當年文宣中提及卡拉斯在片中有罕見的做愛與裸露鏡頭，雖然影片只看到她背部些許香肌，但是當時確實是社交名媛藝術界的一大盛事。真正在標準影迷腦海裏留下深刻的印象，就是「殘忍」二字。影片開始就來一場「人祭」：一個赤壯青年活生生血淋淋被肢解，用血與內臟祭拜天地神明。接着的一場米蒂亞弒兄奪寶，更是鮮血淋淋，頭顱手足斬後再分件遺散各地。忽然想起卡拉斯在托斯卡 *Tosca* 中唱完絕代名曲「為藝術而生為愛而活」然後拔刀殺死大魔頭的劇情，不及巴索里尼《米蒂亞》血腥之萬一。馬上翻出 Diva 在一九五八年巴黎歌劇院罕有的錄像，聲色藝巔峰時期的卡拉斯，唱道：

我為藝術而生，為愛而活。

我從未傷害別人心靈，不論旁人遭遇什麼苦難，總是很快伸出援手。

奧納西斯迎娶甘迺迪夫人

瑪麗亞卡拉斯與巴索里尼

永遠虔誠，我的祈禱，能上達聖殿。
永遠虔誠，我帶着鮮花來到聖壇前。
在這悲苦的時刻，為什麼，上帝，為什麼，為何如此回報我。
我奉獻珠寶，鑲在聖母的外袍。
我為天上的群星獻唱，星光因此更燦爛。
在這令人心痛的時刻，為什麼，主啊，為什麼，為何如此回報我。

如是美妙的詞藻，為藝術而生，為愛而活，最後為愛而死，能不動容。

關閉上卡拉斯的《托斯卡》DVD，再說回非歌劇的《米蒂亞》，雖然殘忍，卻因為有許多假希臘帥男，衣着單薄，在荒山野地走來走去，也着實養眼。說來也悲，一代宗師巴索里尼給標準影迷的第一個印象居然只是「色」字。

說到法國電影圖書館的《巴索里尼的羅馬》，是依照大師到了羅馬之後，所住過的每一個地方工作的每一個位置，做的一個詳細展覽，許多當年的外景地和當下的現狀，都有個比較。其實許多不曾在羅馬拍攝的電影，展覽單位也會將影片和羅馬拉上關係。譬如說這部《米蒂亞》，充其量也只與超級片場 Cinecittà 有關係，但是最吸引我的就是看到這位詩人當年對卡拉斯的迷戀。其中展出的一段打字稿，上寫着：「在煙雨濛濛的月夜裏看到妳……」

說是煙雨濛濛又何嘗能見到明月？所以說詩意與痴迷是沒有道理講的。

羅馬假期

羅馬真是個隨意的城市。

走在街道上，看到這個帥氣的神父月曆封面，馬上想起六十年代看過的意大利電影《四美挑情》，由《世界第一美人》珍娜露露布里姬妲在鑰匙孔裏穿着透視的蕾絲內衣裙，擺出各種不同的撩人姿態，色誘法國第一純情美男 Jean Sorel 尚索荷扮演的準神父。

像是發現新大陸似的，馬上 Snapshot 一張 iPhone 照片電郵我的朋友邁克先生。孰料不到半個時辰，居然收到一張幾乎一模一樣的照片。正在納悶為何發生這等窘事，仔細一看，卻是去年的貨色。原來邁克先生比我早一年發現新大陸！月曆封面本來就應圖個「新」字，新的一年，新的時代，最後才到新大陸。出版商這樣偷懶，換湯不換藥，有騙錢之嫌，起碼封面設計稍微更改拜託。

也可能這個新大陸更早前就已經存在，多年流行的普渡眾生之後，如今怕已人老珠黃。我的朋友邁克先生則說，只要好看，管他是

世界第一美人情挑準神父

哪年哪月出生，只要每年每月把他掛在牆上，百看不厭，甘心情願被消費。怎算騙錢？（此文面世後一年，重遊羅馬，居然還是那位俊巧的神父，月曆只有更改年份，其他皆是永慶長春。）

說的也是。自己也試過，真正喜歡的衣服，同樣的款式也會買多一件，怕的是破舊淘汰後沒有再更換的餘地。多件衣服少件衣服，月曆年復一年再版，其實一切都沒有什麼一定規矩可言，只是自己少見多怪而已。這趟在羅馬住了十來日，除了責怪自己過份窠臼，順便也了解「隨意」這句話的真意。

就像羅馬這藝術古城意大利首都，從舉世聞名的「西班牙階梯」下來，打直打橫的兩三條小馬路 via del Condotti 和 via delle Carrozze，居然就是這個五六十年代時尚首都的中心。想當年，一切國際電影時裝家居時尚模式的典範，就在這個城市發揚光大。這兩三條小馬路上，名店林立，但是規模和在其他各國的時尚旗艦店，簡直就是小巫見大巫。就拿我的最愛聖羅蘭來說，鋪面居然在兩條小馬路的一條橫街上，乍看之下，以為是 YSL 的後門。要不是那穿着貼身西裝的英俊售貨員 chok 出馬路抽煙時，忽然變臉熄煙招呼遊客進入

永遠的神父月曆

購物，真不敢相信這就是羅馬的時尚中心的法國名店。

但是這時尚中心有一個可愛的特色，可能在某家名店的隔壁，忽然會有一家故衣店，或是一家小小冰淇淋，總之地價的規劃和我們一般想像的不同，高級普通及下價貨品在這兒可以共冶一爐。我想，這可能是意大利人不在乎的自由性格，沒有階級的分別。

但是我錯了。有一天我的電腦有點小毛病，說是要到古羅馬唯一的蘋果電腦中心去修理，酒店高傲不太想講英文的經理告訴我應該怎樣乘搭地鐵。終於有機會有目的地乘坐羅馬的地鐵。這裏燈光黑暗形容破舊，可以幻想那是最容易被打劫的地鐵。

從地鐵站走出來，是一幢巨大的古老大廈，標準的希臘式圓柱，二十多米高十來米寬闊的走廊，曾經一度應該是座富麗堂皇的百貨公司或高級酒店，那走廊上也曾經應該有過許多穿着黑制服圍着白裙帶的高級侍應，招呼那些紳士淑女望着對面碧草如茵的公園喝杯可口咖啡。但是眼前看到的，卻是一間間大特價大清貨的廉價賣場，還有中東及亞洲人開的餐廳。那曾經掛着巨大水晶燈的大廳（當然是我的想像力作祟），也改成一間沒有星級的小旅館。難怪前些日子新聞報導意大利差點要破產。

順着指示往右手邊拐個彎，有條電車路，那路上的店鋪不是關了門就是暫停服務。開始有點擔心，雄霸全球的蘋果電腦不會在這種地方開個店面吧。沒錯，就在這裏。上了二樓的服務中心，就更開眼界。原來一向在香港給蘋果電腦的服務嬌縱慣了，來到羅馬，只有一個電腦維修服務員，伺候十來個不耐煩的顧客。

一向不敢與高科技親熱的我，忽然感到一陣溫馨，羅馬是如此的親切，假如我來到這裏長住，肯定會放棄高科技，返璞歸真，然後住在曾經輝煌過的舊建築，一切都是緬懷過去。至少比破產的汽車城市底特律有文化，那是何等樂事。

記得以往客串室內設計時，跑馬地意大利高級家具鋪林立的風景還在眼前，一轉眼就已經是明日黃花。蘇菲亞羅蘭拍完《香港女伯爵》之後的半世紀，又再蒞臨香港。意大利牛仔獨行俠奇連伊士活仍然活躍在荷李活的頒獎禮上，卻沒想到他們都已過了八十歲，但是新一代的意大利明星電影人呢？

住的酒店在 via Veneto 大道，這條山坡上的道路在五六十年代曾

露滴牡丹開的甜蜜生活

是歐美星光雲集之地，《露滴牡丹開》的甜美生活就在這裏開始。

那時是羅馬電影的全盛時期，藝術電影有費里尼安東尼奧尼狄西嘉維斯康第，西部片有獨行俠肌肉片有霸王妖姬艷情片有四美挑情。只要荷李活招手，他們就有蘇菲亞羅蘭珍娜露露布里姬妲榮登女一號寶座，別忘了還有CC蒙妮卡維蒂和維娜麗絲。若是荷李活紆尊降貴，他們整個Cinecittà也容得下伊莉莎白泰勒的曠世影片《埃及妖后》。

酒店的經理說，那個年代不知多少開篷的美國房車在這條via Veneto馬路上來回奔跑，鎂光燈閃個不停，住在這裏的人非富則貴，我們這些負責的酒店經理，最怕的就是那些巴巴垃圾。什麼是巴巴垃圾？就是paparazzi狗仔隊。現在衰落了，想要，他們都不會來。是呀，我告訴他現在的狗仔隊在東方，風水輪流轉。

是呀！現在的via Veneto真是今非昔比，但是我卻仍然生活在露滴牡丹開的那個年代，幾次來到羅馬都要住在這條路上。八年前路過羅馬，晚上散步回酒店，遇上一個問路「許願泉」的東歐人，告訴他之後，東歐人央求請我喝一杯，盛情難卻之下，被他拉進夜總會喝了一杯自付五百美元的苦酒。異鄉好人不易做。多年後的某個重遊羅馬

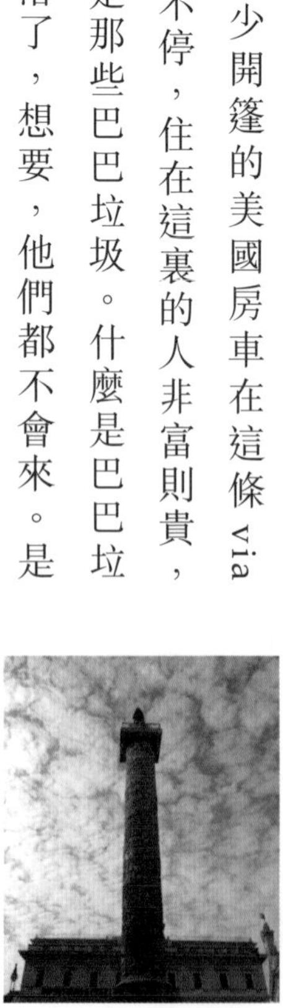

一柱擎天

的清晨七點鐘晨運歸途中，又遇到一位操英語的彪形大漢問路，馬上警惕地表示自己不諳英語，但是也和他糾纏了一陣才脱身。再走多幾步路，居然看到八年前的那間夜總會還在，心想，這個時辰應該打烊了，不知這裏這些年還會變出怎樣的把戲？

忽然想起那年到曼谷做《淚王子》後期，離開時候在飛機場碰到一位南京人，説是帶了十來個同事到泰國考察，遺失了護照，問我可否借個五百美元應急。我看這個人面相老實，正在遲疑的當兒，有一位看來受過高等教育的中年漢子走來，對我説他們是真的遺失了護照，我也真的借了五百美元給他們。

送機的泰國友人不知我們在做什麼，當標準影迷和他講清楚，他説最近泰國非常多這種中國人出來詐騙的玩意，對不起我，沒能阻止這事發生。我説這不是他的錯，但是那個看來受過高等教育的中年人，理應也真正受過高等教育，還要出來做這詐騙行為，要是為生活所逼，着實可憐。

五年前的那個年代，許多香港台灣電影人都北上移民，看好大中華的市場。那時一部影片賣上幾千萬就已非常高興，萬萬沒想到如今要賣上幾個億才能滿足。人們改稱中國為強國。

閒時我會想當年，曼谷飛機場向我借錢的朋友們現在又如何？他們肯定不會在羅馬這跟不上時代腳步的城市出現。畢竟羅馬和一般歐洲城市不同，這裏一切都沒有標準，飛機誤點行李遺放（不敢用「失」字）是理所當然，約會遲到或事後更改也是「隨意」的一種表現。就連今年羅馬電影節的最佳女主角，頒給了一把看不到樣子的電腦聲音，更是意料之外。

這樣看來，羅馬非但不落後，更加走在時代之前，比時尚更高一級！

via Veneto 的清晨

羅馬之春

一切都由羅馬而開始。

文君新寡的史東夫人帶着財富和殘餘的美麗來到羅馬，在「西班牙階梯」上的那棟浮華公寓，似乎又找到了她的第二個春天。

不管那是否用金錢交易回來的愛情，年輕英俊的華倫比提，卻是難得的慾海奇葩。沒落的貴族，英俊瀟灑，懂得藝術和文學，懂得女人的喜惡，更懂得女人言語中那種得不到才好，得到之後需要更多的自詭感覺。

這年輕的拉丁情聖帶着史東夫人遨遊七丘之城的古羅馬，非但對所有名勝古蹟瞭如指掌如數家珍，還會在美麗的小黃花青草地上野宴，含情脈脈的説句：「羅馬是個老城，三千歲了！」那悲古的情懷聽得史東夫人芳心暗許好青年有才學。

總而言之，這優雅的史東夫人，年輕時候肯定接受過無數的讚美，肯定不知道「施比受更有福」這句話的存在，等到年紀大了，才發現付出怎是那麼的困難。

自戀與自私本就是自己的真個性，任何慷慨與善意都得經過仔細的計算，況且夫人的字典裏本來就無「免費」二字，優雅的本質應是無有計較，精心策劃下的優雅，就會淪為表裏不符，是會出亂子的。

於是華倫比提遇上了一位荷里活來的電影明星，她不但年輕貌美，還給這位拉丁情聖一個明星夢的希望。利害衡量下，他準備離開史東夫人。任何情人要分手，若是沒有默契，肯定賣相難看。於是年輕的華倫面對崩潰的費雯麗又說了那天在小黃花青草地的話語：「羅馬是個老城，三千歲了」。只不過後面加多幾個字：「您貴庚？五十？」

這是費雯麗主演田納西威廉斯寫的《史東夫人羅馬的春天》故事簡介。我看過許多關於羅馬的電影，有柯德麗夏萍的《羅馬假期》，費里尼的《羅馬》，巴索里尼的《媽媽羅馬》，活地亞倫的《羅馬之戀》以及其他許多許多，沒有任何一部羅馬電影會有這樣一句尖酸刻薄永誌難忘的對白。

田納西威廉斯是美國公認最偉大的戲劇家。他有名的作品，幾乎

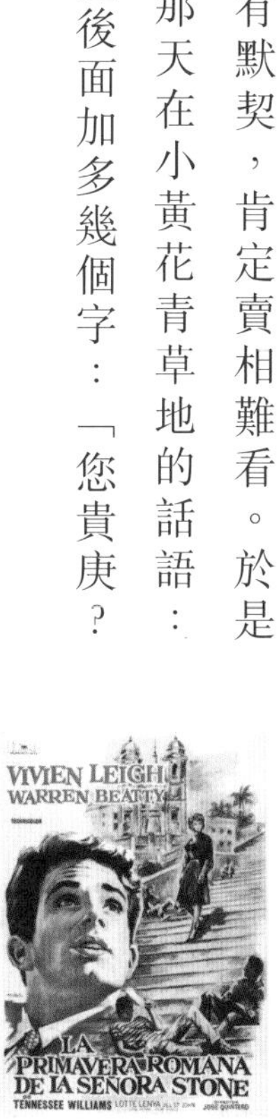

西班牙樓梯春光乍洩

都是問題女人和問題男人糾纏不清的愛慕關係。這部香港譯名《三月杜鵑紅》的電影不同於其他改編自舞台劇的電影，是直接摘自他的小說。聽說當年華倫比提得知此故事要搬上銀幕，馬上向田納西系威廉斯毛遂自薦，還練了一口意大利腔的英文，更憑着《青春夢裏人》的餘威，加上拋棄青春的娜妲麗活而去追求妖艷型的鍾歌連絲，「姊弟戀」影視娛樂新聞版面層出不窮。那時若是找任何一個年輕小伙子，要對着亂世佳人費雯麗說出：「羅馬三千歲，您今年貴庚」這種對白，氣勢肯定壓不下年華老去的郝思嘉。

也可能是由於二十三歲華倫比提那抵擋不住的青春，田納西威廉斯公開表示這是改編他作品的電影中，最滿意的一部。

這部一九六一年的影片，台灣譯名就叫《羅馬之春》，我在台中已逝的東海戲院和成功戲院都沒機會看。那時和香港筆友通信，說是片名叫《三月杜鵑紅》，感覺非常詩意。聽了故事，知道和當時台灣提倡的「健康寫實」背道而馳，就更加喜歡。當時的電影和科技都不像如今，一部心儀的影片，錯過了一時，可能遺憾一世。哪又會想到往後的日子，會有錄像帶和DVD及藍光碟的出現？如今資訊發達，

《亂世佳人》費雯麗

《羅馬之春》
費雯麗與
華倫比提

只要你懂得上網，古今中外都可集中在一個小電腦上，速而達，無私隱，完全不需要自己親身經歷，就可把前輩的經驗濃縮在自己一身。看過毛尖寫的《沒有你不行，有你也不行》，她寫比利懷特瑪麗蓮夢露或是上世紀作家的私房三明治秘方，如數家珍，似乎看見他們真正在拍戲在準備下午茶。佩服。

又說到哪兒去了？我生長的那個年代，總感覺歐美的富人喜歡看亞非洲窮苦人的生活，其實悲劇要來從不分賤富。我這個幸福的窮小孩就喜歡看那些歐美富人的不幸生活。從田納西的《娃娃新娘》開始，伊莉莎白泰勒的《朱門巧婦》、《夏日驚魂》，保羅紐曼的《青春鳥》，勞倫斯夏威的《夏日煙雲》，只要有田納西威廉斯，逢片必看。唯獨遍尋《羅馬之春》而不獲。

上世紀九十年代拍《新同居時代》而結識了趙文瑄，原來他也是個標準影迷。大家喜歡的邪惡及 high camp 電影方向一致，志趣相投必然相見恨晚，原來大家對田納西威廉斯及 Mae West 的喜好都一般樣。對他說最大的遺憾就是找不到《羅馬之春》的錄像帶。事隔沒多久，居然收到他從紐約寄來費雯麗的《羅馬之春》。這種心意何其珍貴。

這位非常英俊不算性感而又傳統的帥哥，從來沒想到他會是那樣的一個標準影迷。古今中外的電影，只要你講得出，他都談得到。以往他常路過香港，有時也會互相聯絡。記得有次帶他到跑馬地「蓮園」吃咖哩牛肉，非常喜歡，後來老闆娘說，很多時候他路過香港，也會自己一個人來吃。他特別喜歡看林青霞的古裝片，要我帶話給林美人，必須復出，理由是：妳是屬於觀眾的。林美人聽後開心笑着說：不，我是屬於Michael的！一句話已是起碼十五年前的事了。

這麼十幾年沒見到趙文瑄，忽然有天看了部非常不想看的電影：《辛亥革命》。卻發現趙文瑄演了一個脱胎換骨的角色：國父孫中山。整部影片看完，都沒認出那是趙文瑄，即使再看一遍DVD，那肢體語言也不是我熟悉的朋友。我很高興，他終於做了一個成功的演員。或許自己將來會做他的影迷。

說了那麼多廢話，重點是，他和我都一致同意田納西威廉斯最偉大的作品就是《慾望街車》。即使他最喜歡的林青霞，聽說也曾在《重慶森林》中扮演過費雯麗扮演的白蘭芝，最後被王家衛一刀剪了。真是。一個脆弱女性在精神崩潰前後的悲劇，完全滿足吾等幸福人士隔

《辛亥革命》趙文瑄

岸觀火的好奇心。最記得Winston當時說，為什麼悲劇就一定要悲慘的出面，為什麼悲劇就不可以變成喜劇？可真給你講中了，因為活地亞倫居然顛覆了《慾望街車》，把它變成了一部黑色喜劇。

且說一切皆由羅馬開始。

活地亞倫上一部電影叫做《羅馬之戀》，無啥突出並不成功。其中一段更企圖顛覆費里尼的《白酋長》，感覺上只是拾人牙慧了無新意。孰知這新版《慾望街車》，一開上馬路就成了話題之作。所有名女人或是想做名女人的女人，都爭相排隊對號入座說自己就是「藍色茉莉」，費雯麗的悲劇時代過了，取代的是凱特白蘭芝悲喜交集的時代。

八十六屆奧斯卡的頒獎禮上，凱特白蘭芝艷壓群芳，費雯麗不是在六十年前就已經憑着同樣角色拿了一座小金人嗎？

後記

史東夫人羅馬的公寓就在西班牙樓梯側跟。夫人應該住在頂樓單位尚且附帶一個空中花園，方便二十出頭的華倫比提可以裸着上身盡情享受日光浴。然而西班牙樓梯台階下，又有位衣衫襤褸營養不良的年輕人，不時跟蹤着夫人，也想登上這羅馬的天台。影片完結時，那受盡華倫比提惡言污辱的費雯麗，將公寓的鑰匙包在手絹中，狠心地往樓梯台階下一扔。

不知是否因為《三月杜鵑紅》這部電影，只要一來到羅馬的西班牙樓梯，看到衣着氣質特殊的俊男，總會產生一種不正經的想法，牽涉到一些靈慾上的買賣。尤其是來到二百年老店的Café Greco，這種感覺更加濃厚。

去年初冬臨時又有羅馬之行。朋友介紹住在西班牙樓梯附近的via Marguta的一間小旅館，說是費里尼住過的街道。不是旺季又再對折下來的價錢，居然比聖誕佳節東京銀座帝國飯店還貴。

酒店座落在一幢十九世紀建築的四樓，用的還是古老的機械升降梯，這改建的旅館往日必定氣派豪華，一層十來個房間佔地起碼也有五六千呎。三樓五樓同樣也改營小型旅館，服務員多半來自東歐，可想而知羅馬往日的富裕今日的頹敗。

飛機到達羅馬是清晨六時許。來到了旅館也只不過七點半，要到下午一點正才交房，這多出來的六七個小時總也不能在寒冷的街道上到處遊蕩。忽然異想天開買了張壹日通車票，胡亂乘上巴士看個並非期待的羅馬，可能也有意外的收穫。於是過了人民廣場到了viale del Muro Torto，既有電車又有巴士，南北東西任君選擇，反正是冒險之旅，就隨便選了一個號碼上車。

巴士穿過美麗的布佳斯公園，驚鴻一瞥路過藏有敵國之富的美術館，寥寥數位晨運客與汽車對閃而過，不知不覺就已經離開了羅馬露滴牡丹開的via Veneto。打量一下車內的乘客，都穿着厚重的冬裝，並無一日之計在於晨的那種感覺。車子經過了許多大街小巷，那是遊客們絕對不會來到的地方，上下車的乘客也會近距離的坐在你眼前，讓你看清楚這個古城中住的都是些怎樣的人。看他們的膚色，聽他們的言行，拉丁民族混雜着東歐北非中亞各路，正式或非法的移民都擠在這車中。也可能是還沒睡醒的緣故，每個人的臉上都有一種不信任的表情。

不知是否自己乘搭的那座巴士就是全球化的一個小縮影，大家擠在混濁的空間，不言不語，也可能各懷鬼胎，說不定其中那位穿着黑色衣服留着鬍子的壯漢，褲袋裏還藏着一把手槍呢！這架巴士的感覺怎麼和蘇菲亞羅蘭和馬斯杜安尼乘搭的羅馬巴士那般不一樣？

那是半個世紀以前的電影，也是半個世紀以前的世界。那時每個地方都有他們的特色，那時的世界並不見得大同，但是每個地方的人都照着自己的規矩過日子。那時出門走一趟是多麼的奢侈，那時是多麼珍惜每一個機會。那時的世界多麼海闊天空。今日的世界變得更方便，標準也變得更加一致，誰強標準就跟誰。

肚裏的牢騷還沒發完，一轉眼已到了某個公墓園地。好奇下車進門一看，或許會像巴黎的 Père Lachaise 或是北京的八寶山，可是一望那無際的碑林，知道這不是觀光的時刻。馬上又趕搭下一班的公車。

路是愈走愈遠愈迷惘，一個又一個社區在眼前飛過，車內的乘客從光頭小子變成地獄天使又幻化為吉卜賽浪族……十足二十一世紀後費里尼時期電影的場景和人物。這個稱之為全球化 Globalization 的時代可能也是最沒有安全感的時代。

羅馬三千歲，我們又有幾歲？不用帥哥華倫比提開口，我們都知道自己在時間巨輪上的微不足道。但是在這變換過程的當兒，可否留給大家一點面子和尊嚴，畢竟不是每個人的下場都像史東夫人。

離開羅馬的那個清晨，想回西班牙樓梯再看一眼，畢竟這是自己啟蒙電影的一個重要場景，一條通往頹廢與墮落的天梯。走在數百年的青石via Martuga路上，忽然看見一道拱門，寬闊的石梯吸引你想上去看個究竟。那究竟真是個世外桃源。沒想到鬧市中會有如此美妙的庭園，初冬的季節還放着各色的花草，庭園四週的明窗淨几之後，又住的都是些什麼神仙人物？遠處走來一對俊男美女，一定是電影明星，但是卻叫不出姓名，因為電影在意大利已經沒落。

迷幻地走出這院子，卻望見一張地產廣告：罕有物業出售，兩房一廳……畢竟這是費里尼住過的街道。

西班牙樓梯

羅馬武生

徘徊在巴黎電影圖書館「巴索里尼的羅馬」展覽會場，以往有關這位電影大師的影像，隨着掛出的圖片與錄像的片段，一幕幕又在腦海中重現。

自從看過卡拉斯與奧運選手 Giuseppe Gentile 合演的《米蒂亞》之後，大師的每一部電影幾乎都沒有錯過。在那個電影尚未分級別的年代，可以把男女之間不可見人的色相，真真正正完完整整的呈現在堂堂皇皇大銀幕之上，巴索里尼確實是標準影迷色戒的啟蒙導師。雖然沒隔多久，他的好友貝托魯奇以《巴黎最後探戈》中的「牛油潤開後庭花」一幕轟動全球，但是大師那種和潮流唯美浪漫背道而馳卻又帶出無窮的詩情畫意的意境，是無人能望其項背。

記得一九七四年在康城影展出現的《一千零一夜》巨型海報，見一裸男把弓弄箭射向裸女的胯下，箭頭居然還是一介金屬陽具，如此嘩眾取寵的海報，在藝術殿堂出現，真是大開眼界。巴索里尼影片中男主角們自從《米蒂亞》的奧運跳遠選手之後，居然一個比一個醜陋，即使青春健碩的身體裸露在大銀幕前，不是牙齒歪曲就是頭髮骯髒或是趾甲污垢，以當時浸淫在唯美時裝攝影的標準影迷來說，應該是不堪入目，又怎知自己會瘋狂的喜歡巴索里尼的電影。可能是物極必反。

《一千零一夜》也不負眾望，贏了大獎！那年在康城還看了史匹堡的第一部電影 *The Sugarland Express*。當時的康城電影節門檻很高，胡金銓的《俠女》繼李翰祥的《楊貴妃》後也成了康城獲獎的第二部華語片。至於往後王家衛鞏俐范冰冰在康城紅毯上各自精彩，那又是另一個時代的來臨。

回歸正題，萬萬沒料到次年巴索里尼居然在羅馬近郊的一個小鎮遇害身亡，先被擊斃，再遭車輾，殘忍有若他的影片。記得當年路邊新聞報導說是被同性戀者襲擊而亡，但是這個展覽會上卻有完全不同版本，說是政治陰謀。當年被判刑的未成年少年已刑滿出獄，要道出真相準備翻案云云。

一九七六年在英國看了他的最後遺作 *Salò*，宣得功夫異常神秘，

《一千零一夜》

聽說他就是為了尋找此片的遺失片段而被謀殺。上演的戲院雖在電影戲劇主流蘇豪區，然而拷貝卻有若十六厘米般粗糙，即使如今遍查電影辭海 IMDb，也不獲當年英倫上映資料，對一向自詡記性好的我，有如走入迷宮一般。

Salò 除了那些看不完的裸體少男少女，驚嚇度最高的是一場吃屎戲，噁心卻又興奮，完全滿足虐待狂症侯群。還有三位年華老去的貴婦交際花，伴着鋼琴音樂，獨白她們的滄桑。數十年後松坂慶子在標準影迷的《桃色》中有三段冗長獨白，其實就是對這部影片的一種敬意。提起《桃色》能不憶起章小蕙？想當年為了一個脫還是不脫的鏡頭，幾乎引起停機，若有興趣，可以買本《花樂月眠》，請翻到「梅木夫人」那篇八十頁，詳情是非。

以往在鏡頭前，有詩書禮儀教養的中國孩子，是不輕易寬衣解帶，就是穿件內衣褲出現，也會大驚小怪，不像那些歐洲導演，要求什麼演員都會做到，完全變成另一個人。於是想起我的朋友周龍章在微博中稱讚吳彥祖真是一個好演員：「說打就打，要脫就脫」，不知是贈興還是揶揄。

要脫還是不脫的章小蕙

但是時代真是變了，就連最傳統的崑曲也可以全裸上陣。話說香港戲劇大師榮念曾的進念製作《挑滑車》，就有機會讓崑曲小武生，一絲不掛的在舞台上橫行，卻也絲毫無損此劇的藝術性，竟傳為一時佳話。時下的年輕人膽子大有本錢，不消說是為藝術而犧牲，即使把自己最完美的青春毫不隱藏的留下做個紀念，也是理所當然。所以我的朋友杜達雄的《M1》寫真集，一拍就是八九十年，聽說許多模特兒都是免費自動請纓。不知《挑滑車》的那位小武生，可否有興趣給杜達雄打個長途電話，也留下青春的一刻。

說起崑曲的武生，標準影迷自從退出導演行業之後，也曾為有「江南第一腿」美譽的林為林留下五十歲的大銀幕寫真，還去過威尼斯羅馬電影節。

話說去年是威尼斯電影節七十周年，主席來函邀請全球七十位導演每人拍段一分鐘左右的影片以祝賀這盛事。機會難得，答應之後就拍了一個崑曲短片《韻律》，還一開為二：濃縮版《韻》送去威尼斯電影節，加長版《律》送去羅馬電影節。

構想是莎士比亞《馬克白》藍本，講的是天地英雄氣，用的是唐詩絕句，意境向宋詞元曲學習，鑼鼓喧天，動作激昂，決無唱詞，聊表創新。居然在電影節中有不錯的回響，還得到威尼斯評審主席貝托魯奇的關注。標準影迷稍微假謙虛的説，這是崑曲的光環護罩，攝影師王昱的功勞，林為林藝術的成就。

這是標準影迷繼《遊園驚夢》和《鳳冠情事》之後，第三次將崑曲帶到國際電影節。林為林也特別來到羅馬參加閉幕儀式。紅地毯上，小林老師穿着高雅的唐裝，擺出英武的功架，着實吸引了國際媒體的關注。

羅馬電影節和康城柏林威尼斯大有不同，只有六周歲，地點選在市郊一座飛碟形的建築物，接待宣傳十分紊亂，觀影氣氛不算濃厚，明星也不多幾個。主席 Marco Muller 則是個中國通，以往也做過威尼斯及羅加諾電影節主席。但是香港的古天樂張家輝也來參加閉幕式，終身成就獎頒給徐克，最佳女主角是聞其聲而不見其人的 Scarlett Johansson，迷幻式的評審主席 Larry Clark 不時預言自己的新片會贏得明年康城金棕櫚（結果第二年發現預言失敗），得獎者的謝詞千篇一律地感謝以往費里尼安東尼奧尼狄西嘉巴索里尼等等意大利電影大師們的啟蒙。

真是個奇特的電影組合小小嘉年華。這不符實際的羅馬行。

《桃色》的松坂慶子

林為林的崑曲馬克白：《律》

露華濃

旅程的開始本以為還是冬天的尾巴。

去歲春寒東京櫻花的影像尚留在 iPad 中，今年已喜新厭舊拋棄坂東玉三郎市川海老藏歌舞伎和我的戲劇導師邁克先生（請留意邁克先生稱呼的改變），來到土耳其這陌生的地方。本以為新聞報導上那街頭的示威遊行警民衝突的畫面代表另一個亂世的來臨，孰知滿城怒放的鬱金香消解了心頭上所有的憂慮。

花朵開放在城內任何綠色的方位，民居的花園，山頭的斜坡，當然還有遊人如鯽的公園，完全落地生根，不算花展，卻比花展更自然。杜麗娘柳夢梅和他們的親朋好友們穿梭在花叢中卻也不見踐踏那姹紫嫣紅，奇事。聽說這花的品種多達二千餘，又聽說那黑色鬱金香最難見價格最高，怎在這片青草地上所有色澤應有盡有，有些看來更恍似芍藥牡丹。

鬱金香不是荷蘭的國花嗎？不錯，鬱金香確是荷蘭的國花，但是它的原產地卻是土耳其及中亞細亞，自然也是土耳其的國花，十七世紀才開始移植到荷蘭與歐洲。那時歐洲人異常沉醉鬱金香，還把這花當期貨來炒作，過份的培植和不斷上漲的價格，使鬱金香成為歷史上最早泡沫經濟的主角。互聯網上一查，原來一個花種，有那樣多的故事，尚且奧圖曼帝國還有一個相當於「貞觀之治」的「鬱金香時代」。難怪標準影迷歷史與地理不及格，還可以講出那麼多道理。

美麗的花朵有了現代的手機寫真，更是不需文字去形容，尤其在百花競豔的時辰更不可厚此薄彼。在看厭標準影迷不停的陳腔濫調贅詞冗句之後，帶您到伊斯坦堡逛逛花園，可真是雲想衣裳花想容。

忽然看得母子三人花叢中取景留念，可惜畫面只容得下二人，於是自告奮勇為三人掌機，咔嚓一聲，即時搞掂。離開時遠處看見三人望着手機芒驚訝又興奮，標準影迷自語：你們當然不知那是在楊凡的鏡頭之下。

親愛的讀者，別以為標準影迷在騙稿費，想當年，我的照片比文字還值錢耶。

午夜快車

飛機到達伊斯坦堡已是清晨四點半，入城拍到的第一張照片，烏雲密布，山雨欲來，仔細一看居然有些《午夜快車》feel。這是部一九七八年的經典電影，一部足以令世人對一個開放回教國家造成極度偏見的電影。

故事描述一位美國青年攜帶毒品，在伊斯坦堡機場被捕後的獄中生活。一切監獄風雲電影中應有的殘酷黑暗，它都有，只有過之而無不及。再加上正面觸及獄中的同性戀問題及性愛場面，感官刺激煽動激情，令所有的影迷觀影後，對當年神秘的土耳其，觸目驚心。

影片當年曾被提名六項奧斯卡金像獎包括最佳電影及最佳導演等等，最終贏得最佳改編劇本及最佳音樂。公映之後更萬人空巷。雖說這部越獄影片令世人對攜毒有一定的警惕作用，但是對土耳其的聲譽卻造成不可磨滅的傷害。

今春，我的朋友艾米夫婦相約往南美一遊。首站伊斯坦堡，再轉往阿根廷首府布宜諾斯艾利斯，路過烏拉圭前往巴西Porto Alegre，再由聖保羅飛回伊斯坦堡，之後才倦鳥歸巢，全程三個禮拜。不知艾米夫人是否看過《午夜快車》，抑或是洞悉南美洲為毒品集散之地，千萬叮嚀由巴西登機之前，務必小心行李，不可以讓宵小之徒將毒品植入吾等行囊之中，以免在伊斯坦堡海關出事，造成大誤。

於是想起一九七四年由香港飛往英國倫敦發生的一件事。

那年有位在劍橋認識的英國朋友在香港學成歸國，說是有件過重行李，相託替他帶回倫敦。本着助人為快樂之本，二來又是相熟友人，二話不說在啟德機場接收行李後就前往大不列顛共和國。到了倫敦機場，海關行李檢查員問囊中有何物，標準影迷直話實說是朋友託帶的。話才收聲，就來了一批機場特警和警犬，將人與物帶往機場附近的一個密室。鎖上門後，不單翻箱倒篋仔細審查，還將標準影迷全身脫光，連鞋子都敲開看看裏面是否藏有違禁品。

自從那次的經驗，標準影迷謝絕為朋友攜帶任何不清楚的物件。

數年後再看了《午夜快車》，更是心有餘悸。

親愛的讀者千萬別想歪了，雖然標準影迷當年也只不過二十來

《午夜快車》

歲，但是絕對沒有男主角 Brad Davis 那引人入勝的身材，自然不會像他在銀幕上飽受警察們的蹂躪以達吸票目的。

說真的，這部隱藏了許多同志電影密碼的影片，當年確實在荷李活主流電影狂風暴雨宣傳下風靡了好一陣子。聞說男主角本來是找李察基爾，但是最後落在新人 Brad Davis 身上。影片的賣座與爭論性本應將這位新人帶上影壇的另一個高峰，但是由於他的酗酒和吸毒，始終成為事業上的絆腳石。他在稍後拍了藝術電影無可救藥的壞孩子 Fassbinder 最後一部影片，改編自監獄奇才戲劇大師 Jean Genet 的 *Querelle*。

Querelle

這是一部比《午夜快車》更受爭論「性」的電影。全片就像是一個骯髒的夢幻舞台，以天馬行空的拍攝手法去描繪酒池肉林的水手寂寞生涯，大批裸男的尋幽訪勝，法國電影女神珍摩露懶洋洋唱着王爾德寫的 Each Man Kills the Thing He Loves，《英雄虎膽美人恩》的法蘭高尼路一人分飾混淆二角，最搶鏡頭的當然是不斷裸露的 Brad Davis。至於戲劇過戲劇，則莫過於導演在剪輯期間吸毒過量中毒身亡。

影片在威尼斯電影節首映之後劣評如潮，然而金獅獎的評審團主席法國電影大師 Marcel Carné 卻為此片力戰評審團，最後還為了此片未能獲獎而辭去主席之位，並寫下如此血書：

> 孤軍獨戰之後，我對眾評審異常失望，此片雖備受爭議，取與捨，愛或恨，終有一日在電影史上會找到定位。

時至今日，標準影迷只可加上一句國父遺言：革命尚未成功，同志仍需努力。

話再說回比《午夜快車》更早的一九七三。那年夏天從巴黎回港，泛美航空的珍寶機必須在路途中停留一站加油過夜，標準影迷選了伊斯坦堡，因為想去 Topkapi 皇宮看那把鑲了幾顆天下無雙巨型綠寶的匕首。豈知到了海關，移民官看到那國籍不明的香港身份證明書，不屑地問簽證在哪？不是過境免簽證嗎？那你去德黑蘭過境好了，哪裏可以給你免簽證。然後狠心地將標準影迷送上飛機。

下一站又在土耳其首都安卡拉小停，標準影迷好奇下機閒逛，心中雖然嘀咕不能進入伊斯坦堡，眼睛卻在尋獵紀念品。說時遲那時快，回頭一望，卻見那巨大的泛美珍寶機已離地飛去。標準影迷大叫：那是我的飛機，我的行李都在上面！別怕，有人比你更着急，那就是機場的總指揮。無端端點漏了一個蒼白的東方少年郎在土耳其地面上，責任可不小。那總指揮馬上將標準影迷放進另一架飛往伊斯坦堡螺旋槳民航機。

永遠不會忘記那次的飛行經驗：空中服務員沒有一個會講英文，小小的機艙中擠滿了純樸的百姓，空氣中只有土耳其香煙製造出的雲霧，記憶中似乎還有幾隻雞鴨關在竹籠中啼叫，恐懼肯定曾在心頭。

好不容易又回到了伊斯坦堡飛機場，居然碰上同一位移民官。他說，方才不是把你送上飛機了嗎？我沒好氣地告訴他發生了什麼事，他也只好苦笑的在我香港身份證明書上蓋了一個過境的簽證。

走出機場，搭上一架計程車，車內居然還有一個五六歲的小男孩，是司機的兒子。雖然折騰了六七個小時，仲夏的黃昏還是一片天藍，既然沒有行李，講好了價錢就由他們父子二人帶我到處觀光。記得來到一座山頭，望見遠處新起的吊橋，這吊橋對他們有若興奮劑，父子二人興高采烈地講着只有他們聽得懂的話語。那是個美好的年代，一切都是那樣純樸，人際之間的關係那樣值得信任，不再擔心迷路。

傍晚來到航空公司提供的免費酒店，看到一些穿着住漂亮長裙的美麗女郎在大堂走動，應該就是可提供特別服務的那種，笑容中沒有威脅只有友善。標準影迷安心地接受這神秘國度的第一個夜晚。計劃着第二天 Topkapi 及 Grand Bazaar 的旅程。

這當然是欣賞《午夜快車》之前的伊斯坦堡。

伊斯坦堡的清晨

Topkapi

近日咱們的張曼玉小姐在上海大展歌喉甜蜜蜜。她那自由奔放的表演方式，以及獨特低糜的嗓音，中國主流樂壇從未聽聞，自然引起影迷們一陣不大不小的紛爭。

其實任何新的嘗試，都一定會有爭議性，別以為豆沙喉就做不了歌星，這些跟不上時代的批評想必不會影響康城影后的自信。張小姐是見過世面的人，舉一反三就拿出 Juliette Gréco 、 Marianne Faithfull 和 Scarlett Johnansson 都是紅極一時或是新進鵝公喉歌后。倘若影迷們真的還看不開，標準影迷就要拿出同樣貴為康城影后的 Melina Mercouri 梅蓮娜麥古莉為張小姐伸冤。我的朋友梅蓮娜（哈！請參閱《花樂月眠》第十二頁）當年就憑着精湛的演技和低沉的嗓音，一曲 Never on Sunday，非但替她贏得一九六〇年康城影后，還獲得奧斯卡最佳女主角提名，最後更奪取最佳主題曲小金人。

更別以為這些成功都是偶然。梅蓮娜從出道開始就以老牛甜蜜蜜

祖母歌后 Juliette Gréco

為註冊商標，懶洋洋的香頌唱法，在希臘與法國出過不少唱片，還在百老匯主演過音樂劇，更是東尼獎最佳音樂劇女主角提名。

一九二〇年出生的梅蓮娜從來就不是一個簡單的漂亮寶貝。從演藝生涯開始，就在希臘參加了婦權運動，一九五五年在康城影展遇見因政治問題被美國放逐的朱爾達辛，二人如魚得水，之後共創許多藝術與商業並重的經典作品《痴漢嬌娃》、《蕩母痴兒》、《通天大盜》。正當梅蓮娜事業如日方中之時，希臘變天，軍人當政，於是她又自我放逐，到處宣傳反軍國主義。獨裁政權結束後梅蓮娜回到雅典投入政壇，做過希臘國會議員及文化部長，二人最大願望是向大英博物館討回雅典奧林比亞山上那三座女神石柱。真箇執子之手與子偕老。

也正是因為《通天大盜》的英文片名就叫 *Topkapi*，這部受歡迎的電影可真讓伊斯坦堡的 Topkapi 皇宮舉世聞名。這是一部賞心悅目的盜寶電影，將土耳其的美麗風景大街小巷一覽無遺，最重要的，這是一部集合當年影壇幕前幕後精英的電影。除了梅蓮娜夫婦還有影帝麥斯米倫雪兒和彼得烏斯汀諾夫，完全奧斯卡級人物。故事述說一群盜寶群英來到伊斯坦堡，相中了 Topkapi 皇宮的那把綠寶匕首，於是

《通天大盜》
Melina Mercouri

開始了老千計狀元才的行動。

不到 Topkapi 皇宮可不知奧圖曼帝國往日的輝煌。當年帝國版圖橫跨歐亞兩洲，掌握着東西陸路交通關閘，交匯了東羅馬帝國與伊斯蘭的東西文化。自從帝國滅亡後，Topkapi 就步所有末代宮殿的後塵，改為一座博物館。

既然這皇宮是十五世紀至十九世紀蘇丹王的主要居住地，建築當然得三宮六院樣樣俱全。從「帝王之門」進入皇宮，首先就是「崇敬門」的第一庭院，帝國全盛時代必有無數奇花異草，如今當然隨風而逝，取代的是如鯽遊人。入門的右方就是第二庭院，那裏有帝國議會帝國馬廐帝國寶庫和收藏中國宋元明瓷器之最的御膳房。這裏的三千中華瓷器，件件皆為敵國之富。

然後經過「吉兆之門」就進入第三庭院，這是蘇丹的內宮，除了寢宮寐宮覲見大殿畫廊圖書館之外，遊人最興奮的就是那耀眼的珍寶館。這裏的鑽石紅寶藍寶綠寶既晶瑩又巨大，就連那兩座黃金燭台上都鑲嵌上萬顆的鑽石。還有顆耀眼八十六卡的 Spoonmaker 鑽石。那因電影而得名的鎮館之寶「Topkapi 匕首」，當然是吸睛的終極焦點。

這把劍柄鑲有三顆巨大哥倫比亞綠寶的匕首，原本是十八世紀蘇丹送給波斯王的禮物，誰知劍還沒有送到，波斯王已被暗殺，因此匕首仍舊留在皇宮中。

最記得當年在豪華戲院觀看梅蓮娜在盜得寶物時，性感地撫摸着匕首上那冰冷的珠寶，無論眼神聲線或身體語言都像是做愛後的另一個高潮，是喜劇的高潮，更是將Topkapi推向國際旅遊勝點的高潮。說的也是，《通天大盜》與《午夜快車》在土耳其人的眼中，同是電影，既可載舟，亦可覆舟。可真天淵之別。

筆到這裏，如此許多的陳年往事，遙遠的人物，自己也感到與時代脱節，無聊至極。於是互聯網絡上查看下您可能從末聽過的Juliette Gréco是否尚還健在。出乎意料之外，八十七歲的她去年還出了張新唱片。殿堂級的製作特輯中，就連那比張曼玉甜蜜蜜還低八度的對白，都已成了天籟之音，難怪存在主義之父沙特說：她的聲音中有百萬詩篇。

因此，對尚末慶祝五十大壽的張小姐說聲，來日方長。

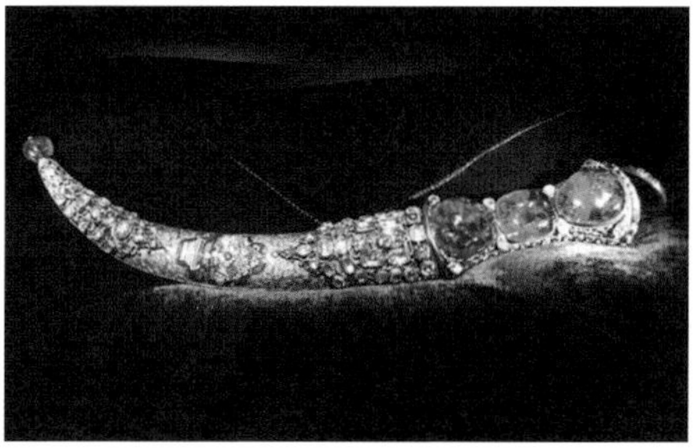

Topkapi 匕首

後宮

和艾米太太離開了Topkapi的後宮，趕到香料市場買了些糖果手信，又自以為能幹地找到一架不用講價的出租汽車，趕緊回酒店收拾行囊前往南美洲。

每當旅行，就不能不懷念香港和台灣的出租車，司機友善價格統一又地址熟悉。伊斯坦堡的出租車和一般沒有兩樣，車上同樣有計程錶，司機卻分兩類，一類照錶收費另類漫天開價。

好不容易找到了看錶的司機，卻又遇到下班堵車的時辰。往酒店的路程本就曲折迂迴，再加上標準影迷不斷的左轉右轉嘮叨不停，不諳英語的司機毫不隱瞞將他憤怒的情緒完全表露出來，車內的緊張氣氛似乎隨時可以爆發世界大戰。後座的艾米太太不知是否天生的優雅抑或是擔心過度，不發一言。

也不知哪來的靈感，突然向艾米太太討了一根香煙，遞給司機。很奇怪，這稍帶善意的舉動居然改變了整個車廂內的氣氛，大家開始

微雨中的伊斯坦堡

有說有笑，雖然仍是雞同鴨講，時間頓時過得很快，完全不感覺交通的擁擠，下車前司機還說要送整包土耳其香煙給艾米太太。

來到巴西艾米親戚家中作客，豪門府第，家中起碼十來個保安，幾乎每位人手一槍，說是治安不好，需要保護。標準影迷害怕夜晚走出花園會否捱上陌生的一槍，主人說，保鏢不會對中國人開槍，因為知道是老闆的客人。哇噻！趕快藉故提早離開巴西，重返土耳其伊斯坦堡。

這突然多出來的六天，可真是從天而降的神奇旅程。第一晚就看了一場最省製作費的宮闈舞蹈劇「白薔薇」。

夜晚九點鐘來到伊斯坦堡的舊城，距離Grand Bazaar及香料市場不到十分鐘的路途，日間遊人如鯽，夜間卻一片寂靜。而HodjaPasha劇院更躲藏在後街的一條小巷中。這劇院原本是一間十五世紀的土耳其浴場，由於現代化的來臨，許多土耳其浴場都不再時尚，而這間由名建築師HodjaPasha設計的浴場，也在一九八八年完成了它五百年的歷史任務，空置多年，直到近年才改建成劇院。

其實到了一個乘坐計程車講價都好像吵架的地方，任何新奇的嘗試都會有種被欺騙的感覺，尤其這後街由浴室改建的不起眼劇院。這裏並沒有真正的舞台，只看到那昔日的圓形浴室放有將近兩百張摺椅，中間有個直徑不到五米的玻璃圓舞池。面對排列弧形的觀眾席，只有一張布幕和簡單的台階，除此之外什麼都沒有。既來之則安之，心中只有把一切憂慮拋開，坦然接受。

誰知在燈光熄滅音樂開始之時，一切都變的夢幻般驚奇。那三百六十度的電視畫屏投射在古舊的磚牆，卻像千萬個孔雀開屏。隨着不停變化的風花雪月畫面，忽而深宮秘闈接着狂沙萬里，視覺的設計已經打開想像的大門。春困夏苦秋愁冬暖的感覺不停而來。

故事敍述十八世紀「鬱金香時期」兩位美麗的女奴被買入奧圖曼帝國Topkapi皇宮，一個做了皇妃另個成了荷蘭大使夫人的故事。聽來如此具野心的念頭，居然在一個土耳其浴室的範圍內，在觀眾咫尺的眼前，表現出一種天涯海角的浪漫，不能不佩服這整個製作與舞蹈員的本事。

然後看見市集上女奴的販賣、戰場上驍勇的爭戰、後宮中的新承恩澤，春寒賜浴、雲鬢玉顏、芙蓉帳暖、春從春遊、三千寵愛直到君

雲鬢玉顏金步搖

王不早朝，應有盡有。

忽然想起白居易在《長恨歌》中對後宮的形容，文字精簡華麗，意境浪漫奢華，實則糜爛墮落，這種字字入肉的寫法，白老師在二十一世紀肯認第二，膽敢沒人要居第一。

但是時代畢竟是在改變，頌讀了千百年的詩詞歌賦這類古典文學，到了二十一世紀，居然成了陽春白雪，曲高和寡。白老師那不及百字形容後宮楊妃太過簡潔，需要動腦，現在流行起碼超過四十集的電視劇。《後宮甄嬛傳》就應景而出，豪華的服裝，亂真的佈景，酸甜苦辣樣樣皆全的對白，讓你大腦完全不須想像空間。標準影迷也曾日夜追捧，一度想把自己改稱標準電視迷。

這是否二十一世紀的後現代古典？問題是這「後現代」古典是否有資格將原本應讀「弦」音的「嬛」改唸為「環」（請上網參加「咬文嚼字」討論會）？聽說有四五個億的觀眾把「嬛」讀「環」。反正現在是個民主社會，積非成是，少數服從多數，文化這個東西又算什麼？最要緊是千軍萬馬金碧輝煌。

就像現今的中國影片每部製作費都要上億，無大不宮闈。又像張藝謀的《印象劉三姐》、《印象西湖》等等印象系列製作，無一不以場面偉大製作嚴謹人數眾多為號召，確實見證了中國當今的富強，但是缺欠了些親切感。

這伊斯坦堡土耳其浴室中的《白薔薇》，雖然台上只有二十五位舞蹈員，就是有那小中見大的親切感。

觀眾席中有不少來自中國大陸。有對姊妹花穿着同樣的衣着，梳着同樣的髮型，繪着同樣的冰冰眼線，就連腿上的那雙黑漆皮靴也是一般樣。本以為她們是雙生花，卻原來一位來自北京另個來自成都，只因為志趣相投，相約土國共遊故意孖生樣。開心。

又有對小情侶開演前告訴我這搭訕王，他們怎樣搭乘出租車被騙，又怎樣差點被毆打，我也興奮地說出自己不太愉快的土國交通經驗，怎知那對北京成都來的冒牌雙胞胎也主動加入這無傷大雅的龍門陣，異口同聲的說道伊斯坦堡的出租車真是要不得。

然而經過這後宮虛幻一旅，散場後，忘卻煩惱，異口同聲稱讚這真是個絕妙春風沉醉的夜晚。

三千寵愛在一身

日光島

奢侈的日子就是這樣一天天的過去。

七十年代，每逢夏季週日艷陽天，總會在大會堂高座前的公車站，乘搭六號雙層巴士往淺水灣。總喜歡坐在上層的前方，打開兩邊的玻璃窗，讓微熱的山風吹在面頰，真正感覺夏天的到來。心想在這上班的日子，除了吾等這批游手好閒的懶人，還有哪些人會望着車窗外急速閃過的鳳凰木發呆？

走下柔軟的沙灘，總會找到一片屬於自己的樹蔭。打開草蓆，鋪上浴巾，或許會將食指放進口中沾濕，在空氣中感覺風向的來回。那是六十年代從柯德莉夏萍的《儷人行》中學來的動作，肯定對日光浴沒有任何幫助，心中卻感覺這是對電影參與感。接下來就會拿出太陽油，在自己身上胡亂塗抹。

這海灘上的週日常客，除了有批固定結黨而來的弄潮兒，自然也有單槍匹馬獨行俠，通常都是一人一世界，或許拿本英文書在閱讀，

七十年代的淺水灣

或許開着晶體小收音機聽首ABBA的《滑鐵盧》，似乎對周圍的一切皆無動於衷。

這些獨行俠雖然樣貌英俊身形健美，但是身體語言的那種不自覺散出的「酷」，總會令人敬而生畏。日子一久，海灘常客當然也會送他有如「冷氣機」或「木美人」之類的花名。或者又會遇上另一位樣貌英俊身形健美的「酷」人，太陽浴的攤位咫尺天涯，彼此毫無笑容的互瞄一眼，怎麼彼此那樣相像？簡直就是鏡中人。其實彼此都有好感，但是都是那樣高傲，無法破冰。於是一整個暑假互相都只在太陽眼鏡後偷偷望。最後還是人去樓空。

這就是太漂亮，又怕被人佔到便宜的最終結果。不像標準影迷，和藹可親，又沒有佔便宜的野心，因此無往而不利，自封「搭訕王」。在淺水灣七十年代那些陽光普照的夏日，從灘頭到灘尾，所有的美男幾乎都叫得出姓氏。

有位李姓的大衛兄，身形樣貌不亞於米開朗基羅的雕像，喜歡一個人獨自躲在觀音像後的石灘曬太陽。他對太陽油特別有研究，Coppertone一二三號永遠齊全，身體哪個部位塗第幾號，絕不含糊，還有一枝加滲紅藥水的特別號，説是曬完之後的深棕色特別有層次。可惜那個年代古天樂還不到十歲，否則真是可拜大衛為師，學下如何可以「膚有五色」。

有個下午大衛忽然説得了一種怪病，叫「吠日病」。標準影迷以為是變種「狂犬病」，原來不是。大衛説是看見這麼美好的太陽，情不自禁地會對着天空吠叫，接着就學了兩聲狗叫。標準影迷從來沒見過如此帥哥可以如此幽默天真可愛，於是將這對白用在《玫瑰的故事》張曼玉身上，將「赤日」改為「月夜」，「吠日病」自然就是「吠月病」。

另外有位超級帥男 Tim，外號「黃毛」。永遠一頭修剪得體的長髮，瘦削的面形上一雙即使還沒颱韓風都迷人的單鳳眼，六呎二吋的身高，每天由跑馬地跑步到淺水灣報到練出修長的腿，衣服脱了剩下一條黑色三角比基尼，稱之百萬身材決不誇張。黃毛的手臂上紋有一條青龍，那個年代感覺上紋身和黑社會總有些連帶關係，因為他太好看了，也沒敢問他平時是做哪一行。似乎他去過許多有海灘的地方旅行，有次收到一張忘了是菲律賓還是百慕達寄來的風景片（二地旅遊級數相差甚遠，但是陽光與海灘則相若），落款只寫 your beach boy。當然知道是他，只不過「沙灘小子」這個名詞，令自己有不必要的邪歪想法。

海灘上逍遙日子過後的許多年，某天在跑馬地的成和道上又遇到黃毛，和一位衣着時髦的女士走在一起，這是第一次看見他穿着正式的便服，原來衣裝可有許多令人改變的空間。這麼多年，有時還會想起四十年前的他。

忽然又想起另一個很像黃毛的沙灘小子，一樣有着乾淨利落的長髮，運動員般的體形，胸前也有小紋身：一位頭插羽毛的印第安女孩。他在不遠之處弄潮，回來之後不見了純金勞力士手錶，報警當然也殃及在附近日光浴的標準影迷。

事隔多年，居然在公眾泳池與他重逢，因為他那紋身過目難忘。和他搭訕當年淺水灣失錶事件，才知道原來他曾是當紮的髮型設計師，家世清白，住在跑馬地雲地利台，遇上一位喜歡他的英國少婦，把他禁錮在干德道的一個單位，每天提供給他大量的毒品，讓他意亂情迷。最後痛定思痛，好不容易擺脫了這個迷幻世界，準備重新振作。

七十年代遇見過的沙灘小了

於是將他介紹到 Ray Chow 的沙龍，重拾髮剪，意念與功夫皆能推陳出新，確也着實創出個名堂。孰知方離毒海又步入賭海，在澳門欠了還不清的債，最後跳樓收場，只不過三十出頭。

這些昔日的沙灘朋友其實都很帥都很像，都有那時還沒聽過的「人魚線」，都喜歡穿着黑色的三角泳褲。但是忽然有個穿着紅色泳褲的阿 Sam 出現，和其他們大異其趣。他，永遠有點營養不良的感覺，永遠不肯妥協找份正當的職業，永遠的背都挺不直。說也奇怪，在芸芸眾多的沙灘小子之中，只有阿 Sam 曾經和標準影迷走出沙灘一起去看電影喝下午茶。

奢侈的日子過後，某日乘搭出租車，居然司機就是阿 Sam。好不興奮，交換了電話，準備找天好好懷舊一番，那該死的 iPhone 卻又把所有的電話號碼洗刷得一乾二淨。

想起那些夏日，可真自由自在，千金難買。

今年春夏，走在伊斯坦堡海岸線上眾多的碼頭，看見有艘渡輪寫着前往「公主島」，船票兩塊半美金，路程一個半小時。（事後，我的戲劇導師邁克先生考證，這應叫「王子島」，心中一想，貴氣無分

公主島上遇見的青春島

男女，反正皇室一家親。）票價如此廉宜，肯定不是旅遊勝點，於是衝着這碧藍的海水和舒適的微風，居然盪漾地漂到這島上。

豈知這卻是個意想不到的世外桃源。這裏商戶住宅樣樣俱全，就是沒有汽車，登上代步的馬車環島一周也要花費一個小時。但是來到這裏的每一個人，幾乎都帶着一種毫無牽掛的心，享受藍天碧海。

坐在開篷的馬車上，經過的人們都會帶着笑容向你揮手。有一群荷蘭來的少男少女騎着自行車跟在車後，開心地和標準影迷交談，就像十六七歲的波姬小絲和朋友在《青青珊瑚島》一般樣，胸無城府，想起很久很久以前的純真世界。

很久很久以前有部電影叫《日光島》，聽説故事是影后鍾芳婷愛上超帥的黑人歌星 Harry Belafonte。在很久很久以前，把所有影迷都嚇壞了！

後記

還記得淺水灣道山坡上的那幢豪宅？外觀琉璃綠瓦珠紅柱，配上小橋流水樓閣亭台，傲視着海灘上的弄潮兒。彼此彼此。弄潮兒望着這華麗大屋，也會蜚短流長，説那是某印尼華僑富商別墅，聽説某導演帶着女星們只是去吃頓飯，就每人封包萬元利是。

從不自覺這海灘在記憶中的重要，即使如此簡單的閒話謠言，多年後仍記得一清二楚。如今那別墅早已拆卸，剩下的或許只有記憶中的真實。

公主島渡輪上回望伊斯坦堡

布宜諾斯艾利斯

王導說，你寫了五個禮拜的土耳其，還有完沒完？王導真正的標準影迷嘻皮笑臉說道：馬上就是您的布宜諾斯艾利斯了！

我的朋友邁克先生也在投訴：你文章裏的那些沙灘小子們，無論形容怎樣英俊瀟灑，但是一張照片都沒有，又怎能相信他們的可靠性。我的助手Joyce讀完「日光島」之後，也說：楊先生，這篇文章好虛幻喲，他們都是真的嗎？

老天，這要標準影迷從何解釋？兩千個字裏行間，非但要穿越時空，更弄成真假不分，騷擾讀者的思緒，還要擔心作者的精神狀況，罪過罪過。

好，這就在手機中拿出一張千真萬確的阿根廷帥哥——艾史提邦Esteban，與大家共賞，雖然還沒得到他的同意，但是漂亮的人應該會不介意，尤其是在那遙遠的南美洲。

這南美洲真是一個令人迷惑的地方。在十六世紀尚未變成歐洲人的殖民地之前，確實也有自己獨特的印第安文化，更是有三千多年歷史的印加古文明發祥地。瑪雅的金字塔與浮雕，秘魯馬丘比丘的空中城堡，都是現今公認古文明的奇觀。自從哥倫布發現新大陸之後，強勢的西方文明可以在短短五百年中，用強制的殖民與濫殺，令這裏原先的印加文明徹底消失。

當土著的廉價勞工不夠用時，懶惰的殖民地主又再引進黑奴，無形中又融入非洲文化。這些衝突與水乳交融，形成更多元更豐富的拉丁美洲文化。由於血統的一混再混，南美洲那些帶着巧克力膚色的美女俊男，更是一個比一個漂亮。

但是我們的艾史提邦 Esteban 卻是個不折不扣的白種帥哥，金髮碧眼。雖然他的父親是艾米先生的大理石生意伙伴，但是絲毫沒有富家子的陋習。完全不修邊幅，衣着隨便的進出五星飯店。由於生長在一片廣大的田園中，那自信與自然，毫無隱瞞的表現在言談中。

閱人無數的標準影迷，此時當然不會以「搭訕王」自居，而會精心思考之後隨意出口地問：你今年幾歲啦？讀的是什麼課程？喜歡足球嗎？世界盃又怎麼看？平常有些什麼嗜好？做些什麼運動？女朋友

帥哥 Esteban

喜歡名牌嗎？（要像《遊園驚夢》四姨太宮澤里惠在賭桌上對小武生說話的語氣。）

他說自己今年二十六歲，學的是生態學，立志要為保護南美的自然環境貢獻（嗯，年輕人開始都會這麼偉大），因為學術需求，特別喜歡解剖昆蟲（講這麼詳細的蜘蛛解剖，有必要嗎），自己園子裏養了許多食肉植物，很多是極其稀有的，今天下午我又買了三棵罕見品種，它們都可消化我解剖的功課（馬上想起《夏日驚魂》的那株食人花）。足球這個運動，南美的男孩沒一個不愛。我們阿根廷人對今年世界盃非常不滿，我們只分到幾千張門票，美國就有幾萬張。我很擔心巴西怎樣去應付世界盃的治安（他可能留意到我留意他健碩的身材）。我從來不去健身房，就是喜歡攀山，喜歡和同學到森林去採標本。我最喜歡阿根廷式的燒烤，我會選最棒的阿根廷牛肉，這些牛都是吃青草長大，全世界出名，還有阿根廷的紅酒，價廉物美，下次請你來我家燒烤（謝謝）。我的女朋友是醫生，不追求簡單形式上的物質，但是也有一次，來到百貨商店，漂亮的東西引誘太大，結局是「碌爆卡」，哈哈哈哈。

宮澤里惠情挑小武生

他的笑聲是很帶着點幽默，不是任何哈哈聲都有幽默，王晶沒有周星馳有。絕大部分南美人都有。

幽默另則。艾米太太的朋友說，烏拉圭的 Punta del Este 是南美洲的聖陀貝，那是時尚的代名詞。於是吾等千里迢迢來到這個有一望無際海灘的新城，確實是有無數的流線型建築，但是都空置着，原來旅遊旺季只有兩個月。艾米太太對烏拉圭的朋友說，一點都不像我去過的地中海聖陀貝。朋友回答，我若不把它形容成聖陀貝，你們就不會來。

在烏拉圭的城市，完全見不到印第安的土著。朋友的太太說，在西班牙攻下烏拉圭時，就將土著完全滅絕，說着說着眼睛居然通紅。馬上聯想起在印尼聆聽老華僑回憶當年的排華，血流成河浮屍遍處。

現在是個什麼世界？別談烏克蘭的戰爭還是敍利亞的內戰抑或是泰國的政變，某日打開報紙一看，中港台都有意料不到的社會新聞：台灣捷運學生持刀殺人，香港公屋住客持槍殺人，大陸山東邪教一家六口也去殺人。他們刀槍鐵桿下的寃魂，卻原來都是不相熟的陌生人。

想起一部有關蓋世殺人魔王希特勒的電影叫 *The Boys from*

Brazil，故事是說納粹科學家葛雷歌畢克得到希特勒的DNA，來到巴西的熱帶雨林中克隆了一批複製的希特勒嬰兒，然後將他們送到世界不同的地方寄養，希望將來可以重振納粹聲威。勞倫斯奧莉花就是那驅魔者，走遍天涯海角尋找這批孩童。兩位奧斯卡影帝的演出讓標準影迷拍爛手掌。

也想起二次世界大戰將近結束前後，多少納粹黨員帶着他們的家產躲藏到巴西或阿根廷，改名換姓，之後仍過着奢華紙醉金迷的日子。之所以布宜諾斯艾利斯別名小巴黎，也就是用納粹餘孽的金錢換取過來。

這個南美城市，有着世界最寬大的馬路Av. 9 de Julio，世界最大的傳統歌劇院Teatro Colón，流過世界最寬濶的河流Rio de la Plata，正朝着世界最差的治安方向走。然而這裏卻有着不可言喻的寂寞與孤獨美，吸引了被標準影迷形容「當下詮釋似水流年美好時光的懷舊電影，中外第一人」的王導，帶着張國榮梁朝偉關淑怡張震張叔平杜可風這批頂尖電影藝術人，來此拍出一部當時空前將來絕後的電影。

是的，照片就是《春光乍洩》十八年後的布宜諾斯艾利斯貧民區 La Boca，怎麼那個男的一點不像標準影迷形容的艾史提邦 Esteban？而是一位老頭人？

當然不是，人是善變的，想像力更是可塑的。將這阿根廷帥哥留在大家的想像中豈不更好？您說是嗎，我的戲劇導師邁克先生？

最後還是露了一張帥哥的小便照。

後記

世界的盡頭？

張大千在布宜諾斯艾利寫過一幀「憶遠圖」，寄送給身在天涯海角的夫人。此等相思，終極浪漫。這個城市就成了我的世界盡頭。

好望角，離非洲最南的厄加勒斯角只差一五〇公里，但是我們的黎老闆居然會在燈塔上巧遇同是來自香港的林美人。興奮之餘自然記載在他的專欄之中。天涯若比鄰，在他們的世界盡頭。

看了又看王導的《春光乍洩》，這才知曉世界的盡頭既不在布宜諾斯艾利斯，也不在南非的好望角，而是在你真正走過的路。

唔明？唔明問王導。

布宜諾斯艾利斯的 La Boca

風起了

進步的科技，就要付出代價。

由超級電影明星化身為女作家的林美人寫過一篇文章「仙人」，我的文字祖師奶奶陸離女士看後讚不絕口嘆為觀止。文章大約是寫新科技的到來，居然將以往神仙的本事降落凡間。

標準影迷也受澤於進步科技：自從三年前認識了新出品 iPad 之後，就開始不再用墨水筆和原稿紙。新一代的 iPad Mini 面世之後，更加變本加厲，利用 Siri 可以口錄，連寫字的功夫都慳番，對吾等這種超級懶人真是造福不淺，本應花錢登報鳴謝「蘋果」電腦，可以將我們這些「廢人」，變成林美人筆下的「仙人」。

正在沾沾自喜的當兒，忽然有天 iPad Mini 的姊妹花 iPhone 上的所有電話號碼離奇消失（當然包括「日光島」一文中提及的淺水灣 Sam），蘋果服務員問有無後備？標準影迷居然不知什麼是「後備」！只好認命。

不再用筆寫文章

風起了，總得試圖活下去，於是文章還是照樣一篇篇的寫。

直到新一篇的「零度開始」，挑燈夜戰，好不容易王家衛張國榮梁朝偉關淑怡張震全都擠在一千八百字範圍內出現。之後，臨睡前將 iPad Mini 如常插上充電器。

第二天醒來，發現那迷你電板有異樣，摸上手有若滾燙的石塊，想開啟閱讀昨晚的文章，熒光幕前漆黑一片。心想拿去服務部問個究竟，事不宜遲。六個小時之後，捧着迷你愛 Pad 去服務中心，怎麼那塊電板仍舊還是滾燙？服務員說是熒光幕壞了，但是機器尚未關機，沒救了，必須換部新的，保養期剛過，四位數字繳費是必然。

什麼？那我的那篇「零度……」文章呢？服務員心平氣和地說：你有沒有做「後備」？唉，又是「後備」！這時我的腦子忽然想到，前些日子不是有兩件 iPhone 充電電死人的新聞？現在我的這塊迷你電板這般火燙，會不會有可能在充電時發生巨型爆炸？我家會不會着火？整棟大廈會不會因為這次災難性的充電而付之一炬？還有那篇找不到的文章又有沒有機會找到「後備」重見天日？或許我會是「迷你 iPad 着火事件」史上第一受害者。又會不會隨着這最新科技賜給的火焰而真正成為林美人筆下的「仙人」？

正當標準影迷幻想「仙人」如何解決這場 iPad Mini 火災的當兒，那邊廂電影史上最美麗的「女巫」Angelina Jolie 在上海隨意地講了句「我不知道你們會不會認為他（李安）是中國人，他是台灣人……」，馬上被好事的媒體將這位荷里活超級女星捲入小小的台獨風雲。

絕不否認標準影迷在台灣成長期間被洗腦。那時我們的國家只有一個「中華民國」，大陸上四萬萬五千萬同胞們都是在吃樹皮草根。人們問起你是什麼人當然是「中國人」。但是在中華民國的台灣，又分喜歡講閩南話的「本省人」和只會講國語的「外省人」，通常用到「台灣人」三字則帶有些少貶意。相信馬英九龍應台和李安三人在留學的初期，被問及「您是哪裏人」，應該答案都是異口同聲「中國人」，充其量補加一句「台灣來的中國人」。

自命「中國人」，代表着當年「中華民國」還抱着反攻大陸的希望，憧憬着解救水深火熱中的大陸同胞，將青天白日滿地紅的國旗插放在大陸每一個角落。當這個夢想幻滅的時候，住在台灣的中華民國國民，就開始改口稱呼自己是「台灣人」。但是遷回香港的標準影迷，仍然不能改口，還是叫自己「中國人」，因為在我的心目中只有一個「中華民國」。無論在六七暴動的香港，還是身在中美建交時的英國，抑或是回到文革後的神州大陸，縱使明知被國民黨洗腦，縱使對共產黨多麼不認同，只要外國人問我哪兒人，必定回答「我是中國人」。

在我天真簡單的想法中，就只有一個孫中山創立的「中華民國」。至於後來怎麼加多了「人」與「共和」三個字，那是蔡明亮導演應該搞清楚的歷史。做個起碼的中國人是對自己文化文明的一種認同，也是對自己熟悉土地的一種嚮往。俗話常說，金屋銀屋不及自己的狗竇，做人怎能忘掉自己的根本？

九七回歸前，一位住港三數年的台灣友人雀躍不已。我說香港回歸干卿何事，他說香港就要回到中國母親的懷抱中，怎不興奮！我睜大眼望着他，啞口無言。這個國民黨一手帶大的孩子，不過來了香港幾年，靠着北上的生意飛黃騰達，言談中就只一個祖國，把台灣全忘了，怎麼這麼沒有立場？有奶便是娘。（《楊凡時間》第六七頁）

說我被洗腦太深也好，食古不化也好，我還真是感謝孩童時在台

六十年代的台北車站

灣受過的中小學教育，還真學會了對長輩的尊敬，對物質的珍惜，對理想的堅持，對真善美（不是唯美）的追求。很多時候都會懷念以往電影放映前的國歌，明知那是政府洗腦工具的一部分，但是過後就是正片。好的電影對你有更多的啟發，不好的電影繼續為你洗腦。

回歸之後的兩三年，這時我已拿着中華人民共和國香港特區護照，雖然對那五星旗徽章不太習慣，但是仍然帶着《美少年之戀》到處參加國際影展。在許多公眾場合的 Q&A 都會被問到，香港回歸後這幾年有些什麼變化？我會驕傲地說，在生活方式上沒有太多的變化，但是似乎香港人有更多的機會去發表他們的言論，猶其在政治方面有更多的民主聲音。

十數年過後，香港人得到更多的自由度。立法會的議員也向台灣立法委員看齊，民運學運兩地一家親，你那邊佔領立法院，我這邊佔領中環，大家都有自己的道理說。看着立法會那些月薪十數萬的議員無法無天的吵鬧，電視機前納稅的小市民，只有無語問蒼天。

忽然有位紅頂商人，在電視上斥問，港英時期諸位有多少民主與自由？現在又有多少？說得好，似乎一針見血，應該珍惜，沒想到忽然變臉再加兩句：五十年不變只剩下三十四年，要好自為之。當場縮短標準影迷對自由民主的想像空間。

唉！Le vent se lève !... il faut tenter de vivre ! 看過宮崎駿的《風起了》？……總得試圖活下去。

馬明畫筆下的國民黨教官

零度開始

零度開始

李翰祥喜歡發佈教戲工作劇照，從來萬分精彩。三十年細說從頭的林黛李麗華古裝宮闈到胡錦恬妮枕邊床頭的無疆春色，想必任何法寶花樣皆出盡，獨霸影壇。沒想到此處一張王導躺在地上教戲，張國榮與梁朝偉一片莫測高深的表情，可真把李導演給比了下去。

十八年前，王家衛帶着他的工作團隊來到天涯海角南美洲的布宜諾斯艾利斯，沒有一個完整的工作劇本，大家陪着他由零度開始，日復一日，尋尋覓覓，由點點滴滴積聚的靈感，六個月在異鄉的孤寂，成就了標準影迷心目中不朽的《春光乍洩》。

十八年後，恍若故地重遊。標準影迷自布宜諾斯艾利斯歸來，第一時間將《春光乍洩》與製作特輯《攝氏零度‧春光再現》拿出重溫，才真正大悟，原來電影是可以如此拍法。

電影文化交際花王小弟十八年前，也曾做過人肉速遞，將王導的《春光乍洩》製作費現金搬運到布宜諾斯艾利斯。雖然在阿根廷只住

李翰祥教戲林黛

了個多星期，加上其他朋友茶餘飯後，卻回憶無限。

他說，王家衛最奢侈的願望，就是帶着一班手足，像馬戲團一樣，浪蕩天涯，拍攝他想要的電影。於是所有的工作人員到了阿根廷，除了張國榮梁朝偉住在一間四星飯店，其他大夥兒都住在一幢租下來的大廈。後來王太乾脆帶了兩歲大的兒子也來到阿根廷，正合王家衛心意，他的夢想就是洪七公帶着妻兒浪跡天涯。雖然金庸筆下的洪七公是丐幫寡佬，全無牽掛。

本來魏紹恩寫了一個同性戀的故事，但是梁朝偉不肯演。到了布宜諾斯艾利斯，整個故事要重寫，於是王導每天下午開始，把兩個攝影組的助理何寶榮和黎耀輝放到街上讓他們閒逛，還指定一定要逛到半夜三點鐘，回來不是寫報告就一定要發表自己感受，目的就是要得到些異鄉人流落他鄉的親身經歷。

整隊人馬差不多也有二三十人，來到布宜諾斯艾利斯這世界盡頭的國家，總會有些大家庭的歸屬感。大家一起開飯，一起上街，張國榮和梁朝偉被抓去學西班牙文和探戈，王家衛則躲在房間發呆，為他的劇本煩惱。那時候的治安還不算很差，但是張國榮和梁朝偉上街，都還是有很多工作人員陪伴，畢竟他們是香港的明星，怎樣都需要有人保護。

唯一治安有問題的地方就是戲中的主景地 La Boca。在那裏租了間酒店房，美術加工後就成了梁朝偉的家。La Boca 有點像當年九龍城寨，三不管地帶，晚上是不可以上街閒逛的，於是大家行動必一致。張國榮喜歡帶着大伙喝酒玩耍，梁朝偉就比較內向文靜。梁朝偉本來不想演同性戀的角色，怎麼知道一下了飛機，時差還沒調過來，再加上張國榮的鼓勵，又喝了些酒壯膽，居然就和張國榮拍了床戲。

但是紀錄片中梁朝偉很多鏡頭都還留着長髮，那場床戲卻是陸軍頭，是經過精心造型設計過，到底是張國榮先到還是兩人在阿根廷都住了好一陣子？文化交際花有點不耐煩，說道，別那麼福爾摩斯，當時花邊新聞就是這麼說。請仔細看看《春光再現》，裏面什麼鏡頭都有……

原來電影真的可以如此拍法，只要眾志成城。

於是王家衛真的帶着一班人馬來到了阿根廷，就是沒帶一個完整的故事。可能他想要表現的就是異鄉人的寂寞與無奈，或許有人說，你可以自己一個人到天之一角，品嘗你個人的寂寞與無奈，為什麼帶着整隊人馬陪着你，等着你。或許他就是要每一個工作人員，從大明星到小雜工，都要投入這寂寞與無奈。當大伙兒真正的走入這境界，就是所有藝術都在尋找的真。

梁朝偉說起在阿根廷的半年，多少次想逃回香港，又如何在夢裏掛念他的母親，只差沒有說出到底哭了多少個晚上。但是最終這些煎熬都得到回報：他驕傲地說這是他最鍾意的電影，當然，這是十多年前的觀點與角度，今天不知會否改口說《一代宗師》或是《2046》。人，總應該是會有進步，但是進步卻又未必代表最好和喜悅

或許在王家衛的腦海裏，這個故事唯一的定案，就是梁朝偉是單獨一個人來到阿根廷。可能是來尋找張國榮，也可能是尋找父親的舊戀人，又可能那個舊戀人是個男的，又可能張國榮是位 Madame X，又可能張國榮與梁朝偉是同一個人……不知那異鄉的寂寞與無奈是否可以加速一個人的精神分裂。以上的那些可能性都被菲林記存下來，在特輯中出現。也真確實有位 Madame X 一閃而過，那是不是張國榮？怎麼看不清楚？王導說失敗的就別看了。王導您這就不對了，既然說別看，為什麼又要用黑白負片挑引吾等好事者的好奇？

Lana Turner 是如假包換 Madame X

接下來又看到梁朝偉在張國榮的感情之外，有另位女士對他親切的關懷，任性的張國榮可能醋意大發又再次離家出走。可能受不了感情的煎熬，梁兄哥終於在自己頸部割下殘忍的一刀，等到國榮弟鳥倦歸巢故地重遊時，卻已人去樓空不勝惆悵。

這位介於兩位影帝感情問題之中的護士長，聽聞是當地某家中國餐廳的老闆娘，從來不曾上鏡表演，演繹方式自與王導其他諸影后交足功課大有不同，不時有些節奏脫拍的空洞，然而由於這些樸素的深淵更添加無窮想像。

這段無疾而終的感情最後的命運和關淑怡一樣，正片一鏡不留。但是因為這個製作特輯，勢將名垂千古。標準影迷嘗想，若是有朝一日電影學院開修王家衛課程，《春光乍洩》與《春光再現》就是王導最完整的紫青雙劍。豈知在這名利的電影界，紫青雙劍又在爭吵到底誰是經典。《春光再現》說，沒有我就沒有你，在這半年的異鄉生活中時間可真沒白白浪費啊。《春光乍洩》則說，經典就是要去蕪存菁，電影應該是這等奢華，剩下的我，就是經典。那集滿了王導剪下寃魂的《春光再現》又說：仔細看看我，只要你看清楚我，在你的眼簾下，

我豈止是一部經典那麼簡單？

一代宗師張大千在布宜諾斯艾利斯作畫「憶遠圖」，用了最簡單的八字宋詞形容兩地相思：「雲山萬重寸心千里」。中國文字電影化的經典。

王家衛教戲張國榮梁朝偉

伊瓜蘇

似夢半醒的清晨六時，和林美人電話閒聊。

她說眼睛有些疼痛，怕是昨晚閱讀過份，有點傷神。借問這晚上看了些什麼？董橋的《舊日紅》，劉紹銘的《一片冰心在玉壺》，董橋送的《毛姆短篇集》。書名報到這裏，美人的語調忽然轉變，猶如夢中有夢，好像在台北中山堂為龍應台閱讀朗誦一般樣。

林美人在舞台上的念白向來膾炙人口，但是一切來得太突然，鏡頭閃耀得又那麼的快，還沒唸上三五句，標準影迷已經忍不住插嘴：這是誰人的文章？不像董橋老師。

林美人完全不被打岔干擾，the show must go on。繼續下去的唸白，似乎又帶有些西洋 feel，肯定不會是魯迅或巴金。缺乏閱讀經驗的標準影迷馬上又自作聰明地插嘴，妳是在讀毛姆的小說嗎？

台前幕後身經百戰的林美人，只要走過舞台上的那道「虎度門」，什麼也不能騷擾到她的演出，專心繼續口中的文字世界。馬上學乖，不再心急，靜靜聆聽她唸出的畫面。文筆的神采絕無翻譯的斧痕，精神感情又絕對現代。

標準影迷雖在毫無準備下接觸，清晨的記憶更是印象模糊，腦海中整篇文章都是特寫，林美人的聲線又是那般迷人，文字中聽到音樂，聲音中看到畫面，短短數百字的形容，卻是戲劇感十足，原來這是她第一篇小說式文章的開始。

文章的作者都會有不同的習性，林美人一向是慢工出細活。以往給「蘋果樹下」的一篇文章要等到脖子都長了，才出現第一稿，在收集親朋好友的意見之後，還會有二三四稿的出現，其實這二三四稿和初稿往往分別不大，只不過在有些看不見的地方精益求精。於是董橋老師催着說，別再改了，我真看不出有些什麼分別。

董橋老師也有他獨特寫作的怪癖，電子技術發展到可以用口寫的今日，他還是堅持用鋼筆墨水寫在溢發出書香味的紙張上。他那杜邦鋼筆是絕不借用他人，寫作的書桌也特別講究位置的擺放。董老師說，只要坐在那個位置上，泡上一杯普洱，那些看不見的小鬼們就會把靈感搬進他的腦子裏。也正因為那些小鬼們總會在他豐盛的人生中

林美人和董老師在陸羽

尋得適當的出場人物在適當的時間出場，董老師就成為舉世公認對冷艷高雅清貴描繪的中國第一人。

還有一位當今詮釋似水流年美好時光的作家第一人，就是王家衛導演。不是說他拍電影永遠沒有一個完整的劇本？他又有什麼寫作本事？死笨，他是用鏡頭去寫腦中的文字，那可需要登峰造極的本事。

一般寫作只是用原稿紙，看了不滿意，就往字紙簍一扔。現在進步到用電腦，紙張都沒有，文字往字紙簍一扔，更加環保，一毛不拔。王導用鏡頭寫的文章，用的不是伊士曼就是愛克發或是富士菲林，不滿意的，也會往廢片簍一扔。您知道那麼一扔，等於花費多少的金錢與精力。拍電影本身就不是一個環保的工作，浪費與否，就看值不值得。標準影迷認為，自從王導《旺角卡門》之後，沒有一部影片符合環保原則（短片形式的《重慶森林》、《墮落天使》、《愛神》另當別論），但是那些影片又是多樣的迷人，享受那浪費的奢侈都來不及，又怎麼捨得責怪？箇中有些捨不得扔的佳句，放到製作特輯中，滿足一下那些Die Hard粉絲的饑腸，也算積添福澤。當知盤中飧，粒粒皆辛苦。

說到福澤，那邊廂被剪到一鏡不露的關淑怡，在《攝氏零度．春光再現》中，居然讓您看到她在布宜諾斯艾利斯到底做了些什麼。

原來她是那般寂寞，那麼無奈的迷戀第一代電子遊戲機。眉頭緊鎖，火車隆隆的聲音與張震善意的搭訕不是聽不到就是不想聽。這不是失戀的感覺，而是失去整個世界的感覺。又次坐在出租車上，晚風吹揚那帶着濕氣的頭髮，手伸出車外在空氣中揮舞。王導演，請問應該用哪種情緒？美麗？開心？享受？還是失戀？

可能導演還是希望用那「失去整個世界」的感覺。您看過王導演的主角們曾經快樂嗎？但是他們的哀愁卻是如此這般刻骨銘心。

於是她對他說聲，抱住我。梁朝偉模棱兩可的意思了一下，神女有心襄王無夢。不像鞏俐在《2046》中對梁朝偉說了同樣的一句對白「抱住我」，接着是一場山崩地裂的吻別。

他們二人（當然不是與鞏俐）的相識，只不過一句簡單無聊的「你是中國人嗎」開始，然後她向他借了一塊錢，接着又借了一塊錢。她可能為了他，離開了自己的男朋友，他可能暗地裏一直惦掛着那個對聲音有 fetish 的張震，而張震卻又拿着錄音機癡癡地尾隨着關淑怡。男女男永遠存在不解的三角關係。

關淑怡在布宜諾斯艾利斯

梁朝偉和關淑怡可能也曾共遊伊瓜蘇瀑布。因為自君別後，她飄落在瀑布旁的一間旅店工作，只想或許有天梁朝偉會在這裏再出現。然而來電話的卻是張震。她把電話掛了。

這一切都像簡單的 MTV，在關淑怡的 Cucurrucucu Paloma 歌聲中出現。時而粗糙時而優美的畫面，演員們的異鄉落寞史詩式演出，加上《春光乍洩》的導讀，原來王導那些捨不得的佳句，幕幕都可以提供讀者無限的想像空間。

又在另一個似夢半醒的清晨，打開平板電腦的諾貝爾虛幻網頁。那貌似港台學運先鋒黃之鋒林飛帆混合體的少年流行作家，正用 3D 的書評方式鞭策馬奎斯的《百年孤寂》。說是無論這書多麼好看，魔幻的想像是多麼傳神，但是如此錯綜複雜的家族人物關係，真是沒人有耐心。現在大家要看的文章，只有精簡二字。標準影迷虛心又自作聰明的說，那是否寫法應該像方才形容關淑怡王導的 MTV 那般簡單，看後卻有千絲萬縷解不開的情結？那少年流行作家忽然改用 4D 的特技回答，老先生你 out 了！現在是微電影的年代。

說是簡單其實並不。玄。

梁朝偉在伊瓜蘇

苦海慈航

在布宜諾斯艾利斯，梁朝偉工作的餐館來了一個台灣男孩，二十出頭，家裏在台北市遼寧街夜市賣台南魚丸麵線。年輕人跟家裏不開心，背起背囊就一個人來到這世界的盡頭。

年輕就是本錢，隨便牛仔褲 T Shirt 鴨舌帽，走在馬路上，自由自在，和人打個招呼，大家共同語言，走在一起，就是青春。要是長得標致，走在馬路上的吸睛率就更高，有些自知，有的從無所謂。

他當然是個可愛的男孩，但是從來沒有把自己天賦的俊俏當作本錢，要無牽無掛自食其力的來這世界走一趟。或許他年輕得連什麼是愛情和本錢都不知道。迷人的也就是這些無知。

在那個人山人海露天音樂會的晚上，梁朝偉或許一早已經留意到他，即使在插針不入的人群中，也曾試着一步步慢慢的去靠近他。可能真正到了他身旁，又若無其事膽怯地改變自己的方向。這和自己平時尋找獵物的心情並非一樣，畢竟這男孩看來一臉滿是未經世故的善良。

不知是否緣份，這男孩在餐廳的廚房居然做了自己的同事。

梁朝偉覺得不應該碰觸這個小男孩，因為他的心中還是惦掛着張國榮。佔有妒疑相恨相愛，有他不能呼吸，沒他不想呼吸。生活在這種異域感情煉獄的當下，梁朝偉那複雜的世界又怎能容下一個天真的他。

其實這男孩並不是想「看」這個世界，他拿着一個錄音機，想「聽」清楚這個世界。聽他鄉人的話語，聽交通阻塞的音樂，或許聽車窗外的風聲，還有那陌生女子的電動玩具聲，或許是她的歌聲。這男孩真的太天真了，他居然看不出這個陌生女子已經失去了整個世界。對，這個男孩只能從聲音中聽得出一個人的真假。

張國榮隱約知道這個男孩子的存在，於是從開玩笑的妒忌，最後變成一發不可收拾的怒氣。張國榮那春從春遊夜轉夜的不羈，終於令梁朝偉走上毀滅性的買醉。結果還是這個男孩善意的地收拾爛攤子。

梁朝偉在半醉半醒之中看到這男孩的細心與真摰。輕巧的將整個小房間整理乾淨。也會好奇的在衣櫃中拿出張國榮的夾克試穿，在鏡子前揮上兩招拳術。讓王導借用梁朝偉主觀的偷窺，思量當年的張國榮是否也是如此可愛。回想更是唏噓。梁朝偉自然也留意到這個男孩離開之前，細心的把拖鞋放整齊。這男孩對他沒有任何的要求，或許永遠不會與他成為戀人，但是就會對他真心對他好。

這男孩不也對關淑怡真心對她好？他甚至對每個旅途上遇見的陌生人，都有耐心都好，這樣好的孩子，到哪裏去尋找？這怎麼行？於是王家衛把標準影迷所形容的鏡頭，幾乎都剪走，但是卻沒剪走他的善良他的青春還有他的好。或許剩下的那雙拖鞋就代表這一切。

那個善良青春的男孩就是張震，王家衛電影家族中難得的好孩子。

張震永遠不是《春光乍洩》梁朝偉或張國榮在公廁或色情戲院中尋找的性對象，但總會在適當的時候，帶給需要的朋友某些窩心的溫暖。總會像那座在世界盡頭的燈塔，苦海現慈航。

這男孩十五歲第一次主演楊德昌的《牯嶺街少年殺人事件》，之後，表演事業就一直與高品質的導演與電影相關連。李安的《臥虎藏龍》侯孝賢的《最好的時光》、《聶隱娘》，田壯壯的《吳清源》，吳宇森的《赤壁》，當然還有王導的《愛神》、《2046》和《一代宗師》。

標準影迷尤其喜歡張震在《愛神》中《手》的演出。故事是從一

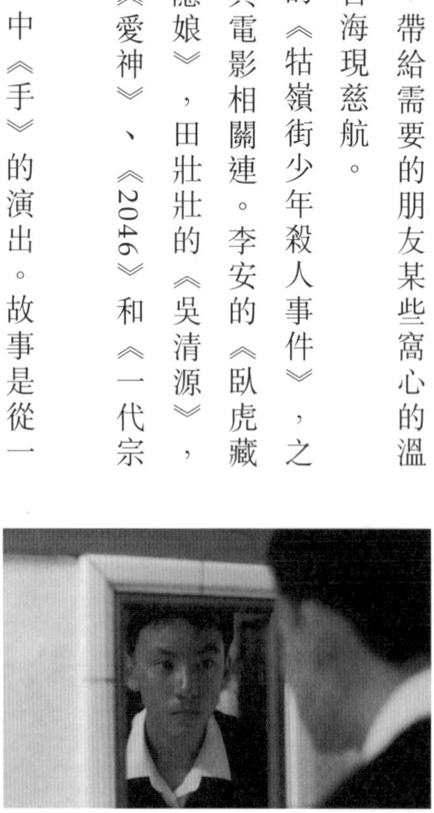

張震美少年殺人事件

個小裁縫在學徒到成師的途中，看到一位交際花由盛放到凋謝的過程。那舞國名花是由出道二十八年以來從未低潮過的翟俐小姐演出，國色天香的霸氣，可想而知，然而張震卻無所畏懼地和她對戲，全無怯場。

故友林冰女士當年在《阿飛正傳》首演之後的如潮劣評中挺身而出，力排眾議，激讚該片「沒有一場戲是多餘的」。在王導成為一代宗師之後，標準影迷也只能膽怯地東施效顰冰姐，說道這部《手》是沒有一個多餘的人物沒有一個多餘的鏡頭沒有多餘的一句對白的完美作品。十年後重觀更覺韻味無窮。

十八年前標準影迷是帶着好奇的心態去觀看康城影展獲得最佳導演獎的《春光乍洩》。那時也寫了一個劇本《美少年之戀》，嘴皮上說是看看故事是否雷同，心中是否想比下瞄頭只有自己知。觀後只有一片震驚，原來電影是可以如此拍法。只有人物，沒有情節，而那些人物最後就變成了情節。那年多麼希望找不到男主角，就有充分理由不拍，結果吳彥祖就出現。

十八年後，電影文化交際花王小弟忽然對標準影迷說：當年我有個黎巴嫩男朋友，二人感情糾纏不清，我把他介紹給王家衛，後來王家衛就看着我們兩個人分手。我猜想《春光乍洩》的原靈感就是我的故事。接着文化交際花又説，王氏夫婦和我母親很熟，母親走了之後，送了一件她的舊旗袍給王家衛老婆作紀念，不知這件旗袍是否帶來他以後電影的靈感。

王導聽了文化交際花的故事，莞爾一笑，説道：當年 Michael Barker（美國 Sony Picture Classics 總裁）每個星期都要去電影院看趟《2046》，出來總會説，這就是我的故事。標準影迷插嘴，當年日本片商 Kabata san 告訴我，他在購入《阿飛正傳》日本版權之前，已經在戲院看過二十三次。不知 Kabata san 是否以為自己是張國榮。我的戲劇導師邁克先生也不甘示弱，認為《重慶森林》裏，金城武喜歡的是他不是林青霞！

曾經或未曾和王導合作的，都希望自己會是這位以「沒有完整劇本」聞名的電影大師靈感源泉。唯獨平日不善自我表現，卻又功夫十足的張震，會無動於衷。

王導墨鏡後的眼睛可是雪亮的。

張震苦海慈航

華小姐最後的旗袍

小張旗袍生涯的記憶，是在華小姐公寓開始。

那是間座落在香港半山的洋樓。三四層高，沒有電梯，勝在戶數少而清靜。華小姐住一樓，輕鬆走上幾個扶梯就到。平時穿着旗袍高跟鞋，步伐就更加搖曳生姿，老的少的在狹窄樓梯見到，沒有一個男的不着迷。

進門之後有個小玄關，瑛姐左手一指，卻是一片紫藤色的天地，那窗簾是淺紫配粉紅的方塊小格子，牆紙是野獸派墨紫鉤石綠間隔留白的葵葉大印花。牆上有爿二呎寬的豬腰鏡子，切邊講究卻又不鑲邊框，懸掛的高度更不像是用來顧鏡自憐，從飯桌的角度望過去，任何人都會像一幅馬蒂斯的畫。

華小姐是何時下海，可真是一個謎，或許是勝利後的上海，也可能解放後北角的麗池。說是真正盛放，則肯定在五十年代尾巴的香港。

所以華小姐從來不需要顧鏡自憐。她身上的旗袍料子，不是巴黎就是羅馬，客廳裏那真絲的鬱金香和玫瑰花朵，更獨一無二，說道是里昂和威尼斯修道院處女們手製。這些地方她都沒到過，她也不稀罕，旅行也只不過是看風景買東西，風景自己就是，禮物男朋看完風景就全都送了過來。

說起這些男朋友，什麼都送，就是不送房子。有一次，她狠心地下了把賭注，對梁老闆說：我可告訴你啊，房子我可看好了，今天晚上你來的時候，把支票帶過來，我要下定洋！

這些時候，華小姐穿得漂亮，頭髮刮梳得俐落，語氣自然也嬌艷中帶着些霸氣，想是那些老男人對自己的姿色，總會敬畏七分吧。但是未雨綢繆，也還保留了三分進退的餘地。

好比梁老闆聽說她養着一個小白臉，華小姐就會連消帶打的說：他是我表哥，頭髮都還沒有您多呢！其實那位趙先生只消在夜總會一露臉，所有女賓的視線都自然會轉向他。把他說成自己表哥，姊妹淘都不肯信，況且把他的頭髮說的比老男人少，真還委屈了他。

電話那頭又說今晚不能來，華小姐又只好運用那最後剩餘的三分

想當年皇后大道中

功力，嬌嗲怒罵之際，也還給彼此一個漂亮的下台：什麼？不來了？怕老婆還是我呀？有本事就別來了。哈哈哈。

這個時候的華小姐，花樣的年華，虎狼的胃口，每次小張上她家裏，那趙先生都會在小姐房裏。瑛姐總喜歡對小張說：他們在談事情，有的談呢！

小張記得第一次上這裏，聽他們談事情，毫無顧忌的呻吟聲，搞得自己太興奮，出醜。那個下午趙先生離開後瑛姐帶他進入小姐的臥房。華小姐問他碰過女人嗎？沒有碰過女人怎麼做裁縫？華小姐抓住他的手來感覺她的軀體。也用她的手去撫摸小張，令他興奮。之後對他說，以後你會給我做衣服，就要有今天的感覺，你以後給我做衣服會很好看的。

小張可不知道，華小姐給他上的第一堂裁縫課會是這樣，不知這是否為藝術而犧牲，又不知誰是犧牲品。但是他知道，要不是華小姐那天的那雙手，他早就會改行了。但是冥冥中，華小姐似乎知道，所有的男人都會離她而去，只有小張永遠都會在那裏。

趙先生遲早都會走的。華小姐從來不承認他是小白臉，說的也

鞏俐小姐要拍照

是，那趙先生昂藏六尺之軀，一身西裝穿起來就連籃球健將也比不過他，怎麼可以用「小白臉」三字來形容？況且嘴巴又甜，還說是要賺錢養她。華小姐說：你養我啊，吃什麼？他調皮地說：吃我啊！趙先生說得多麼讓人心癢。華小姐幾次對瑛姐說：趙先生再來，就說我不在家。但是都沒辦法把他戒掉，最後床頭金盡時還得挨他惡毒的一句「臭婊子」。

梁老闆也遲早會走的。他根本就是個有家室的老色鬼，誰想和他天長地久？和他一起，華小姐總是覺得自己鮮花插在牛糞上。再說出手也不見得大方，買房子的事一直不能落實，軟的來過再碰硬的。她終於兇神惡煞地恐嚇他：我知道，你玩膩了是不是，想把我一腳踢開？沒那麼容易，我告訴你，這次你不給我一個滿意的安排，我不會放過你的。華小姐有沒放過梁老闆大家不知道，肯定是梁老闆放手了華小姐。

小張留在華小姐身旁可一直沒走。她需要有個沒有利害關係的男人留在身邊，講些自己心中的悶氣，或是聽他說些自己喜歡聽的話，也不介意什麼秘密都讓他知，只因為他可靠。

華小姐的生活也着實太豐富，穿金戴銀周旋於男人之中，除了在自己身上花上那麼多的工夫，哪還有時間留意自己年華漸漸的老去？而她身邊的小張已經西裝筆挺，獨當一面。

可能梁老闆給的分手費花光了，也可能她讓小張做了加許多的新旗袍沒地方穿。那天，華小姐拿着流線型美國西電電話宣布她的復出下海：邵先生，是我呀，連我的聲音都聽不出來，沒良心的。給您打電話沒什麼事，這兩天挺想你的。梁先生他呀，我早就跟他沒來往了。很久沒有見了。邵先生，我過兩天要上班了，等我上班了，可得替我捧場啊。改天請您吃消夜，一定得來呀。

小張聽過華小姐多年來不同的語氣，卻從來沒有這般柔弱將就的聲調。聽着華小姐講出這些話語，小張心裏着實難過。

華小姐的交際花生涯終於沒落。在把最後一批華麗的旗袍交給小張去變賣還債之後，就失蹤了。

小張再收到華小姐消息的時候，她已是海濱碼頭的流鶯，住在破舊客棧的尾房。說是有位舊日相知外地回來看她，想這或許是個機會有個依靠，麻煩小張再做件旗袍裝身。

啟德飛機場

小張終於做好華小姐最後的旗袍，她卻連最後的機會也失去。華小姐對小張無以相報，只剩下當年那雙柔軟的手。那是小張最後一次見到華小姐的唏噓。

小張的師傅好奇華小姐的近況，說是從來最易翻身不是戰敗的英雄，千萬別輕看女人，跌倒兩三年又是另一個場面。於是小張講着師傅想聽的話，說是飛機場的送行是多麼的風光，華小姐又是多麼的美麗。

小張你怎麼啦？

師傅奇怪地望着小張讚美的形容，為什麼他臉上的表情沒有高興，像在滴血。

這是王家衛在《愛神》中《手》的故事。鞏俐張震主演。如此美麗與哀愁。標準影迷膽敢將她筆錄成影話，不及萬一，敬祈眾王粉見諒。

王家衛 YSL 故宮 Met Ball 記招

蘇麗珍的那隻黑手套

王家衛筆下的蘇麗珍有四個。《阿飛正傳》中被張國榮忽略的蘇麗珍，《花樣年華》中與梁朝偉糾纏不清的蘇麗珍，《2046》中梁朝偉記憶中褪色卻是永恒的蘇麗珍，還有來自金邊的女賭徒蘇麗珍。前三位蘇女士皆由張曼玉演繹，壓軸的黑蜘蛛蘇麗珍則是鞏俐小姐客串。

這四個似同非同卻又息息相通的蘇麗珍，貫穿着王導三部六十年代懷舊的光影，看着她們十四年的變化，隨着王導電影的成長。

王家衛還沒有開始他的導演生涯之前，也曾做過編劇，名下的劇本數些給您聽聽：《彩雲曲》、《空心大少爺》、《伊人再見》、《吉人天相》、《龍鳳智多星》、《小狐仙》、《我要金龜婿》、《神勇雙響炮續集》、《惡男》、《最後勝利》、《江湖龍虎門》、《猛鬼差館》、《猛鬼學堂》。光看片名，怎樣也和現在的王家衛的高檔形象扯不上關係。

他的第一部電影《旺角卡門》是典型的黑社會恩仇片。劉德華張曼玉張學友和萬梓良主演。影片確實和當時的黑社會影片別有不同，但是與他往後過份講究的製作，實有天壤之別。那些隨意的人物造型與大嶼山樸實的自然，甚至旺角夜晚的街頭打鬥，將看熱鬧群眾集體收入鏡頭，都成為今日重觀此片的一個意外收穫。這部影片令劉德華與張曼玉由明日之星大步跨越成票房之星，也讓鄧光榮更加放心給王家衛百分之百的自由度拍攝《阿飛正傳》。

可以說，沒有《旺角卡門》的票房，就不可能有《阿飛正傳》，更不會有今天的王家衛。

繼承者《旺角卡門》眩目奪人的動作蒙太奇，加上六十年代的造型，劉德華的警察張國榮的飛仔張曼玉的工廠妹劉嘉玲的歡場女子還有角色延承《旺角卡門》的張學友，所有影迷都期待這是一部劃時代的動作片。

於是銀幕上看見張國榮吊兒郎當地走到南華會的小賣部。皮鞋踏在空蕩走廊中的回音，可口可樂的開瓶聲，收銀機的金屬撞擊聲，張國榮忽然斜視張曼玉問他叫什麼名字，張曼玉走到那堆盛滿了玻璃瓶裏的木箱前，又是一陣玻璃瓶碰撞的清脆，張曼玉說：我為什麼要告訴你？張國榮說，我知道妳叫蘇麗珍，妳今晚會夢見我。說完就和那皮鞋聲誇張地消失在身歷聲音響中。

對白文藝過文藝，些毫沒有動作片的跡象，but who cares，這是標準影迷第一次在大銀幕上聽見張曼玉的真正聲音。

記得五年前張曼玉在《玫瑰的故事》殺青後，告訴導演要自己配音，誰知導演說會另找他人，用聲音替她「加」戲。結果真的找了電台DJ何嘉麗。那個年代，似乎所有主角的聲音都是另有其人，林青霞張艾嘉是王慧君和李娟，狄龍是毛威，自從《玫瑰》之後，何嘉麗就是張曼玉。往後誰又料到，標準影迷第一次被銀幕「聲音」震撼的香港演員，卻是被自己嫌棄過的蘇麗珍。

看慣了新藝城千篇一律的配音電影，忽然發現總統戲院的音響效果怎麼從來沒有如此真實過。似乎從六十年代邵氏放棄現場收音開始，大家就往這省錢的製作方式前進，配音制度成為華語電影製作的必然。記憶中，那些年唯一看過的現場收音港產主流片，只有麥當雄監製的《靚妹仔》，當然也有方育平劉國昌等人的寫實電影，但是皆非娛樂至上。

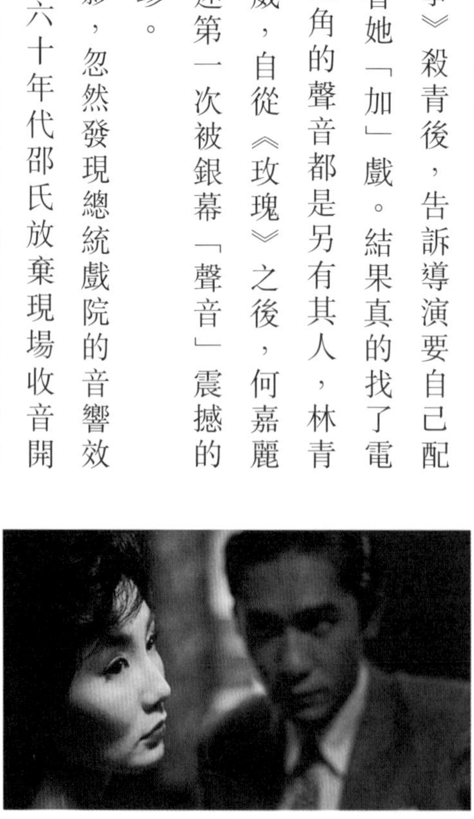

《華樣年華》

一九九一年在香港的電影金像獎頒獎禮上，《阿飛正傳》，《表姐你好嘢》，《廟街皇后》三部百分百現場收音的電影大放異彩。當年的影后鄭裕玲小姐更聲明非現場收音的電影不接，於是壟斷香港影壇將近三十年的配音時期終告一段落。《阿飛正傳》應該就是帶領現場收音回歸的先河。

事隔十載，張曼玉更加成熟動人，那花樣年華的蘇麗珍終於穿着七彩的旗袍，穿梭於大街小巷上下扶梯之間，美艷不可方物。許多人開始在議論《阿飛正傳》及《花樣年華》中的蘇麗珍是否同一人。「阿飛」的蘇麗珍生活在一九六〇，一副中下階層工廠廣東妹形象，《花樣》中的蘇麗珍則是優雅內斂又富書卷氣的上海妹，時維一九六二。兩年之中是否可以如斯脫胎換骨，可真把聯想力豐富的王粉們搞糊塗。

其實名字只不過是一個符號，一個代名詞。就像2046，可以是一間酒店房號，或是未來世界的某個地域，是香港大限一九九七五十年不變的日子，亦或是王導童年時在尖沙咀看到一個無字頭的出租車牌號碼，車子裏坐了日後的蘇麗珍與周慕雲。

《2046》就有這樣一架出租車，周慕雲留着小鬍子，靜靜靠在穿着花樣旗袍的蘇麗珍肩上。似水流年的三數載，二人臉上卻留下如此多的空白，與往昔《花樣年華》車中，雖有內心的掙扎，仍抱一絲期待。對比之下，令人唏噓。個人認為，這個鏡頭是張曼玉小姐與梁朝偉先生表演的巔峰。

《花樣年華》中二人的關係要還是不要，拉扯了大半部戲之後，在巷口雨中相遇，周慕雲終於抓住了蘇麗珍的手，向她告別，也希望能得到她的愛。然而蘇麗珍仍在自我煎熬，絕望的周慕雲終於放手離她而去。

可憐的張曼玉忽然憶起，那趟在2046酒店房中二人寫小說唸對白，過份投入因而悲從中來感覺，令她又投入另一個想像的空間：她看見自己依靠在梁朝偉肩膀，大聲哭出心中的壓抑。共同創作虛幻小說而引發出的真情，最後卻要結束在虛幻的哭泣聲中。這是《花樣年華》最令標準影迷動容的時分。

《2046》中的周慕雲已變得世故異常，吃喝嫖賭樣樣皆精，心中唯一的真情卻仍然保留給多年前的蘇麗珍。為了那個含蓄沒有勇氣愛恨都不敢的女子，他逃避到天涯海角，沉醉在聲色犬馬之中，幾乎萬劫不復。然後遇到一位職業女賭徒，有張美麗和無盡故事的臉，一身黑色，附帶着一隻黑手套，說是要將他帶出賭海。

鞏俐在《2046》的出現，又有何人可以抗拒？她對梁朝偉說自己叫蘇麗珍，是那般不經意，那般的震撼。於是周慕雲對新的蘇麗珍訴說舊的蘇麗珍，彼此也都感到彼此的情意。

分手時，鞏俐說了一句「抱着我」，之後，梁朝偉上前將鎖住那麼多年的感情完全解放在那個狂吻中，償還了以往張曼玉暗中曾對他流過那麼多的傷心淚。

周慕雲對新的蘇麗珍說：假如有一天妳可以放下過去，記得來找我。

離開後，鞏俐從來沒有流過那樣多眼淚，因為他是所有男人中對她最好的一個。抹乾眼淚，也無遺憾，因為這是她在所有電影中演出最好的一次。

《2046》

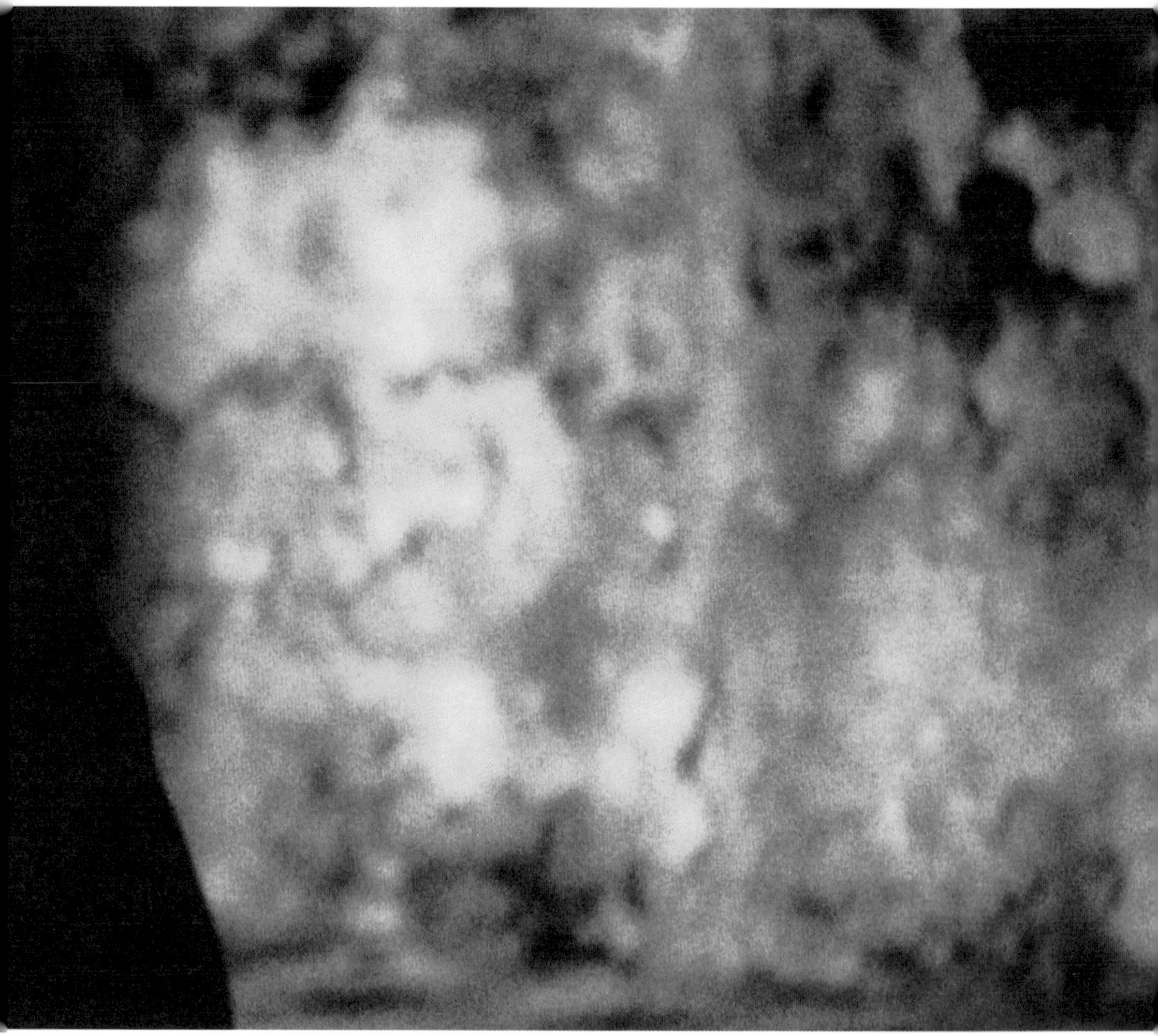

王導演與金邊蘇麗珍

胡說八道

一連寫了五個禮拜的王家衛電影，回到公司，門口居然放了一本過期的《明報周刊》。好奇隨便一翻，就看到DVD影評人阿俠大字標題：無比空洞的頒獎禮。哇噻！這當然是替囊括十二金像獎的《一代宗師》贈興。

橫排標題下重點寫着：拿出早已出版的藍光碟重看，看到一半無法看下去……。橫的看完再看豎的，上寫着：我不敢說《一代宗師》是否是王家衛最差的電影……。其後更幽默資本主義化的共產黨在香港舉行民主選舉，順道將電影與爭取普選掛鈎。短短一文，藝術與政治共進，真是時尚首選。

記得前輩文學電影人宋淇先生曾經說過，影評一定要客觀，最好從多種不同的角度去寫，影片起碼要看兩次，第一次可能是走馬看花，第二次則是仔細評賞。作為影評人可是需要負起社會道德藝術的責任，這句話是標準影迷後來加上的。

自己雖然不敢認同《一代宗師》是王家衛最好的電影，但是電影文化交際花王小弟卻認為這是王導與觀眾最接近的電影。他說乾女兒海倫以往總是看不懂王導的戲，但是《一代宗師》居然完全明白。標準影迷則說，現在時代進步，腦袋比咱們舊時人更加靈活，別說啥意識流，就是超現實後現代抽象復古等等，只要網上一查就馬上了解。基本上沒有看不懂的電影，只有拍不好的電影。決不會像當年《阿飛正傳》，大家總搞不清楚那隻沒有腳的鳥兒到底是怎麼一回事，要等二十多年後才懂？

為什麼一切都要從尖酸刻薄開始？為什麼又要回到以往的負面？即使是所謂民主的普選也都要從負面觀察？一切政治的行徑也都從負面開始？原來「負面」二字才是真正的時尚首選。

另位多年來帶領着「負面」時尚潮流的國師導演張藝謀，當年也是為了與觀眾近距離接觸，而拍了一系列武俠片與動作片《英雄》、《十面埋伏》、《滿城盡帶黃金甲》及《金陵十三釵》等等又等等。他和王家衛稍有不同，即使各方評論參差不齊，影片大大小小仍然賣座。不像王導四年一部《2046》，元氣大傷，聽說至今不敢重觀。

新片《歸來》上映，儘管作者嚴歌苓給這部影片九十九分，儘管標準影迷認為這可能不是張藝謀最好的電影。但是他為了盡自己本份，把自己交給了發行公司，什麼採訪都接受，什麼欄目都做，服從安排，以勞模的姿態（中國《人物》雜誌）。

這本雜誌可能託上片宣傳的鴻福，分配到短短的酒店式名人專訪。但是撰文者劉君萍及張卓敬業樂業，再側訪十數位曾和國師導演共事的朋友及工作人員，居然寫出一篇長達十八頁的人物專訪。對張藝謀個性的刻畫，處世的態度，做事的習性，人生的價值觀點，成功帶來的自大，劣評帶來的不安，甚至包括「超生」的八卦，完全以不卑不亢的筆法寫下。忽然間，這位曾經震撼國際的張藝謀，受盡負面評論之後，原來他是真的。

原來他對文學深度還是有一定缺憾（顧小白，七十後《山楂樹之戀》編劇），原來他也會改變，由富有朝氣及批判精神的一個人，變得非常實用，（蘆葦，《霸王別姬》《活着》編劇），原來他很清楚知道自己的江湖地位，但並不因此而覺得安全，恰恰如此，他特別不安全（方希，《張藝謀的作業》作者）。原來他在控制着

熱戀時期的張藝謀與鞏俐

上億成本的電影時，自己的工作室卻面臨難以想像的經濟困難（張藝謀工作室的一位工作人員）。原來他對底層勞動人民的疾苦和焦慮，非常熟悉，不疏忽，很關注。《歸來》的片尾字幕修改了一千多遍，因為他知道每個人很在意自己的位置。原來他對自己的生活要求太低，有老闆想送他一套別墅，他説別了，有一張床睡覺就行了（黃新明，張藝謀合作二十年的製片主任）。

這篇專訪令張藝謀回歸到標準影迷當初認識的他。

當年他和鞏俐來香港宣傳《秦俑》，曾經代勞贊助意大利西服去電影金像獎頒獎，事後他就將一套劇照，簽寫上自己精心設計的文字圖案，當作紀念還個人情。再次上北京替他和鞏俐造像，到訪他倆居住單位，儉樸正如黃新明所説。那時張導藝謀確實有條件要求更好的居住環境，似乎他要求的只是不停的看電影（《花樂月眠》二二一頁）。在他享譽國際之後，也曾寫過感謝話語，託我的偶像甘國亮先生轉交。雖然相交不深，卻也做過一大陣子張藝謀真正的標準影迷。

做影迷真幸福，雖然有時會為了偶像而過份癡心或傷心，但是偶像卻絕對不敢對影迷掉以輕心。偶像決不易為，有苦自己知。

香港書展王家衛金宇澄對談《繁花》，萬人空巷，泰半衝着王家衛。對談之後的Q&A，那些王粉們可真露出自己猙獰的面貌，管他離題萬丈，只要你偶像看見我一人，就可。其中有個問題居然是：王導，你為什麼不脫太陽眼鏡。又有位歐洲女士用顫抖的聲音獨霸麥克風五分鐘，王導微笑回答不到十秒。真要慶幸自己是普通人，可以不用敷衍。

話又說回張導藝謀，自從武俠片將他與大眾距離拉近，標準影迷和他的距離就更遠，直到改編自《陸犯焉識》的《歸來》……

武俠片真的可以拉近導演與觀眾的距離？當然，電影文化交際花王小弟說，李安的《臥虎藏龍》就是最好的例子，張藝謀和王家衛都沒錯過，現在大家就等看侯孝賢的《聶隱娘》。但是王張李三人都不是孤芳自賞的……話還沒講到一半，王小弟就喝令標準影迷住口，別胡說八道。

於是想到真正武俠電影的一代宗師胡金銓。過世十五年後的二〇一二，由中華民國國家電影資料館和台北當代藝術館聯合主辦過一個大型的回顧展覽會，紀念他八十冥壽。會場中有經典電影《大醉俠》

《龍門客棧》《俠女》的片段，有後輩徐克吳宇森的訪談，有葉錦添的佈置，有胡導演的手稿黃永玉的速描和張艾嘉「女記者」絕密試鏡，堪稱電影界的一時盛舉。這個展覽叫做：「胡說：八道」。

已經流行過好一陣子，聰明人利用主角的姓或名，混雜在節目歌曲廣告名稱之中，以達到親切時尚的效果。然而真正流傳而又大氣的，只想到《康熙來了》。

2046

在標準影迷的心目中，王家衛的《2046》可是與史丹利寇比克的《2001 太空漫遊》同等地位。數字遊戲上，王家衛比史丹利寇比克又多了四十五年。

此語一出，必定引起一陣謾罵嬉笑，第一句就可能來自我的戲劇導師邁克先生：不懂看戲比看不懂戲還罪過。接着張三笑罵：大家共同有一個太空旅行艙類型的物體，你就 2001 和 2046 混淆不清。李四則說：人們都將王導作品比做巴洛克和 MTV，你居然將他和大師中的大師相提並論，馬屁亂拍。

但是每當想起《2046》，閉上眼簾，就會看到那個銀幕上眼球瞳孔似的物體，超大超震撼更超現實，前座觀眾馬上傳來一句「那是什麼？」鏡頭慢慢拉開，原來真是一個望着我們這些沒耐性觀眾的大眼球，襯托着您硬說也還有那麼一丁點巴洛克的音樂。再看清楚，原來是個洞。

After a while, she wasn't there.

是「眼」又是「洞」

《花樣年華》的結局，梁朝偉在吳哥窟的某株百年老樹幹，找了一個窟窿，對着它，說盡了不可告人的心事，再用泥土填補了那個洞。2046裏，未來世界中的木村拓哉，不斷在火車上自說自話重複「洞與秘密」的故事。

不知是否秘密也會隨着時間長大，還是隱藏心事的人太多，上世紀的那個小洞，到了《2046》居然長大變成巨無霸的IMAX版本超現實瞳孔。這效果，一定要在銅鑼灣JP戲院的超大銀幕，杜比音響效果之下，才能說服李四先生，MTV是怎麼一回事電影又是怎麼一回事。況且先前那貌似港台學運先鋒混合體的少年流行作家不是說過，現在是MV而不是MTV，時代變了。但是電影終歸是電影，不容微電影替代。

於是銀幕上出現六十年代王菲高跟鞋踱步的大特寫，畫外音知道她在努力學日本語。於是銀幕上又出現未來世界機械人王菲熒光燈高跟鞋的大特寫，這位機械服務員與別不同，有時遇上衰退期就特別遲鈍，想笑的時候，要好幾個小時才笑得出。想哭的時候，眼淚要等到明天才會流。

過客與服務員終於在梁朝偉的小說 2047 相遇。

在芸芸眾多的女機械服務員中，木村拓哉最初只有告訴王菲一個人「洞與秘密」的故事。於是王菲將拇指與食指扣合起來，不就是一個洞孔？木村試嘗靠近洞口訴說他的秘密，看似遲鈍的機械人就會將手移開，木村卻不放棄，嘟起嘴唇跟那圓圈轉動，於是王菲的手像慢鏡頭般左右上下挪移，最後那圓圈到了自己的唇邊，一個最恰當的接吻位置……銀幕上少見的挑逗。

拍電影與寫文章一樣，許多佳句或許都有些少引經據典。但是王導這場未來世界的「洞與秘密」，原創性百份百，獨領風騷，絕不異曲同工，標準影迷這就想起史丹利寇比克。

木村在不知不覺之中愛上了機械人的王菲，但是王菲的反應非常緩慢，似有若無。於是木村心急地向其他機械小姐甲乙丙丁甚至那位車長老先生王琛訴説同樣話語：我要告訴你個秘密，你會不會跟我走。在不同的反應中，木村悟出：那個機械人對你沒有反應，未必是因為她遲鈍，可能是她根本不喜歡你，也可能她的心另有所屬。於是在 2046 的列車上，木村難過的哭了。

猶似南音王后徐柳仙名曲：情淚種情花。

除了已對愛情絕望的梁朝偉，影片中所有的主角都曾淚流滿面，真箇都是情淚種情花。王菲鞏俐章子怡劉嘉玲流淚固是必然，即使男子漢木村拓哉與張震也不能偶然逃過這淚水戰場（當然，正牌蘇麗珍張曼玉在前篇《花樣年華》已將淚水哭涸了，此趟免役）。縱使如此過多的淚水，卻毫不矯情煽動，更加不覺痴情是件過份不當使人難於忍受的事。反而，在一座奢華的寂寞迷宮追逐中，影片仍然散發出許多幽默調皮的時分。整部影片，雖然高檔絕不高調。

世間事有始必有終，電影人尤其。通常拍片有張工作表，將日程場景人物詳細列出，開鏡後就日復一日在表上消劃，日復一日等待殺青，這個做法與想法只是把拍電影當工作，早日完成是上策。但是王家衛別有不同，恍似一位痴心的戀愛人，把電影當作感情糾紛，開始了就不想結束，要玩不要完。

於是這電影就成了一部電影美學萬花筒。

意念開始的六十年代就是香港美麗時光的代表。當時得令的明星個個非但爭妍鬥艷演繹方面更創個人巔峰，美術攝影更是千錘百鍊不

章子怡成鳳之作

惜工本，音樂效果確也萬分令人迷醉。製作特輯中最能看到血與汗：章子怡梳頭化妝動輒就是六小時，張曼玉梁朝偉坐在出租車中，封馬路加綠背景，三百六十度的車軌攝影，不到天明不收工，熒幕上也只不過出現一分鐘左右，那更別說鞏俐王菲木村在感情培養上的付出。

這部拍攝了整整四年的《2046》本是萬眾期待的豐盛之旅，孰料首映之後毀譽參半，觀眾雖然比十五年前《阿飛正傳》進步的加許多，但是泰半反應還是看不懂。

其實王家衛有若畫家，一直專注練習他歡喜的筆觸，或許不像李翰祥那樣百般皆通，卻一心詮釋似水流年美好時光的香港六十年代。有些人物刻意重疊，有些對白可能重複，有些情節也似曾相識，這些都不為過。猶如畫壇一代宗師張大千，曾繪製過百千件筆觸雷同的墨荷，但是絲毫不影響他大師的地位，反而愈見精彩。於是個人認為，在王導的三又三分之一緬懷六十年代的影片中，《2046》可算是他終極的 masterpiece。

假如用作家的角度來看，這本小說（不是影片中梁朝偉寫的2047），看似天馬行空，實則結構嚴謹。人物個性亦算前後貫串，情

木村情淚種情花

節可屬情理之中意料之外。然而其中最大成就並非由華詞美藻營造出之詩情畫意，而是作者筆下那種半是而非的年代感。蓋真善美之藝術，不能太像，過似則流於模仿，假古董也。卻又不能不像，否則不倫不類，畫馬反類牛。王導此書一出，古今難再。

一部本來您幾乎要看懂的影片，經標準影迷如此繁複闡釋，讓您又走回電影開始「那是什麼？」的大眼睛。那IMAX版本的瞳孔，在完結時居然以黑白姿態回歸，更帶來梁朝偉說出作者的心聲：

每個去「2046」的人都只有一個目的，就是找回失去的記憶。因為在那裏，一切都不會改變。

沒有人知道這是不是真的。因為去過的人，沒有一個回來過。

倒真又加許多奇情詭異的味道。

王菲的女機械人

烈火青春

假如王家衛三個字代表了某些說不出的抽象電影進步元素，標準影迷大膽地列出香港影藝界最具備這元素的三人：譚家明、甘國亮和王家衛。應該反對的票數不多。

成功是需要才華機會與毅力，當然最後修成正果的自然是王家衛，要不就該叫譚家明或甘國亮元素。

三人其實有說不出的淵源，若要從頭說起他們的三角關係，就要從我的偶像甘國亮先生開始。

一九七〇年以男主角身份亮相於大銀幕《蛇殺手》的甘國亮，確實和傳統男一號有所分別：俊朗稍嫌內在，邪中亦非帶正。然而一頭電鬈了染金的頭髮，貼身闊領花襯衫加上兩呎寬的喇叭褲，外表新潮時尚，一看就非池中物。眉宇間富革命精神，做起事來，想法和看法都和傳統不一樣，更是有些不可言喻懾人的才氣。甘先生很快地就成了藝能界的十項全能，年少得志。網上資料流傳，在他得意於 TVB

的時期，提拔過許多台前幕後的精英，其中佼佼者莫過於作風與思考和他最接近的譚家明與王家衛。

當我的偶像得知標準影迷準備把三人寫在一塊兒，第一時間就拜託澄清這段謠言。

我有何德何能提拔他們二人？偶像說，譚家明和我是同時在電視台工作，他拍他的《七女性》，我做我的《少年十五二十時》，大家都是喜歡電影談得來的同事好朋友。再說他還是香港新浪潮的領導人物。王家衛則是做過我的《執到寶》助理編導，和林奕華一齊，我們三人時常通宵度橋。王家衛離開電視台之後，我仍然有找他回來幫忙《無雙譜》。網上的語言不能盡信，那時還有一位《輪流傳》的岸西，現在也是導演。

那時的譚家明確是香港電影新浪潮的頭號人馬，風頭一時無兩。第一部電影就是新派武俠片《名劍》，嘉禾出品鄭少秋徐少強徐傑主演。雖然票房命運和另位新浪潮大師徐克的《蝶變》相同，都替老闆虧了錢，但是日後二人都為香港電影界做出了重大的貢獻：徐克三十年來造就了無數的票房奇跡，譚家明發掘了傲視中國電影視覺美術的

《烈火青春》張國榮

張叔平。

譚家明的第二部電影《愛殺》也曾震驚影壇：首映的午夜場，銀幕上劉天蘭濕頭短髮在浴室中問林青霞：「我是不是很醜？」銀幕下的觀眾異口同聲回答：「是！」但是其他所有影迷都被那突出的美術所吸引，整部影片將鮮紅與正藍推展到極限，張叔平就像明星一樣地站了出來。

接着的《烈火青春》更是備受爭議。青澀的張國榮，嶄新的夏文汐葉童，鎖不住的苦悶與奔放，毫無顧忌的情與慾，預言式的日本皇軍陰謀，上映後更史無前例需要重檢。這點點滴滴，令《烈火青春》成為當年話題影片首選。雖然這部影片往後被定位為香港新浪潮電影最重要的作品，在商業掛帥的香港電影界，遠水救不了近火。譚家明於是浮沉地拍了《雪兒》《最後勝利》《雪在燒》和《殺手蝴蝶夢》。

香港電影新浪潮過後，忽然出現了一個想法看法和譚家明甘國亮都十分相似的編劇王家衛。機會來了，拍了一部和《最後勝利》（也是他編劇）題材相若的黑幫電影：《旺角卡門》，一炮而紅。

這時《烈火青春》的張叔平與張國榮已磨劍十年，再夥拍當時得

譚家明

令的青春派明星劉德華梁朝偉張學友張曼玉劉嘉玲，得到老闆鄧光榮無限量的支持，王家衛終於拍成天下無雙的《阿飛正傳》。

標準影迷印象中，這是首部雨水下個不停的香港電影。之後，幾乎每部王家衛電影都有如是濕潤的感覺。初時感覺黏膩，稍後發現竟是如此這般性感。難怪《2046》第一個文字畫面就寫着：所有的記憶是潮濕的。

這是一部尋愛的電影，充滿了佔有的慾望，感覺無限的吶喊，迷惘中暗藏着爆炸力。

張國榮追尋被遺棄的母愛，張曼玉痴悶得不到張國榮的愛，卻又錯過了劉德華的等待，劉嘉玲即使痴蕩也得不到張國榮的愛，卻又不屑張學友的關懷。於是乎，張學友對友情的痴守，劉德華與張曼玉那般靜寞的街頭漫步，都有種山雨欲來的感覺。

別以為只有青春鳥才有這些煩惱，就連已過虎狼之年的潘迪華，也要得到用錢買不到的愛情與關懷。他們只有追求，卻永遠得不到結果。影片最後結束在梁朝偉梳頭整裝待發的長鏡頭。這本是為下集演出的伏筆，誰知卻成了無厘頭經典的結局。

這個時期的張國榮正值表演事業的最高峰，劇本彷彿為他個人訂製。一把青春的烈火燃燒到極限。任何一個小動作，他都可以把它變成自然，任何一句新詩般的對白，他都可以變成閒話家常。然而這部費德拉母子情意結的希臘史詩式悲劇，倘若沒有潘迪華火辣卻又愛恨交集難分難捨的演出，也導引不出影片的戲劇張力。潘迪華似乎將她生命中所有的表演能量，都存放在這角色中，日後的《花樣年華》就平常心做個上海好太太。

這部影片還有一個最大的特點，就是譚家明的剪接。他用最純樸的剪接手法，藉着王家衛初生之犢不怕虎的編與導，看着自己喜歡的演員與美術日趨成熟，或許將電影如此多年帶給他的鬱悶，血淚似的爆發在如今已作古的Steenbeck剪接機上，真正成就了《阿飛正傳》。

十七年後，譚家明在邱黎寬的監製下，重拾導筒。《父子》終於在電影頒獎禮上吐氣揚眉，贏得多個最佳電影及導演的最高榮譽。

然而我的偶像文化創意教父甘國亮先生，劇本寫了可拍可不拍，電影拍了可放可不放，舞台上精彩的建築大師路易康到雜誌上千變萬化安弟華荷都能演，舞台下一件件彩服由牛記笠記到Gucci、

甘國亮劉嘉玲在《杜老誌》selfie

Versace 任由擺布。可也從未停止過他的藝術人生。

《阿飛正傳》的攝影師杜可風最近在《南方人物週刊》上說：我一共拍了八十多部电影。為什麼單憑與王家衛合作的三四部片子，就來固定我？

可，充滿了王家衛電影元素的譚家明與甘國亮，從來沒有擔心過那個陰影。

明星

王家衛在日本出版的《王氏剪下寃魂》DVD這樣說《重慶森林》：我要拍一部昨日之星的今日故事，她白天過着一般闊太的生活，下午茶聚百貨公司血拼或許再加幾圈麻將，但是到了深夜又該怎樣打發時間？有時對着電視機自我表演，有時則會扮成另一個人，在夜生活的鬧市閒逛。有個晚上她終於被捲入了一件謀殺案，故事就從這裏開始。

熒光幕上看見林青霞拿着麥克風唱着張國榮喜歡的「明星」，歌詞如斯寫着：當你見到天上星星，可有想起我。當你見到星河燦爛，求你在心中記住我⋯⋯鏡頭慢慢拉開，林青霞忽然停口，歌聲卻仍然不斷，原來這位曾受萬人矚目的明星，夜間如此寂寞地在靠模仿他人來打發時間。

林青霞則是這樣回憶：王家衛當時拿了兩部電影片段要她照足去演，費雯麗的《慾望街車》和謝拉婷佩芝的《青春鳥》，一位是遲暮

ARDEN
HOSTEL

美人另個是過氣明星。當時為了給《慾望街車》造型，張叔平在間boutique借了一個金色假髮，又弄到一件風衣，然後很仔細的替她化了個大濃妝。最記得眼睛還貼上兩條假睫毛，最後又加上那對戴上之後什麼都看不到的墨鏡。説真的，那雙墨鏡後的假睫毛也還爭氣，不單能令女主角在無形中增添氣勢，還與眼蓋膏睫毛膏等等化粧品共存亡，敬業樂業開工後就從來沒有偷懶過。

從那天開始，王家衛就讓林美人在重慶大廈裏由一間印度店鋪跑到另外一間，然後讓她不停的數鈔票，對印度朋友大聲呼喝。當她習慣了這金髮風衣墨鏡的夜之女造型後，更讓她穿着Manolo Blahnik高跟鞋瘋子一樣的在尖沙咀大街上奔跑。還有在啟德機場和地鐵站，沒有許可證也照樣偷拍，完全不把尷尬當作一回事，大家陪着王導演瘋。

聽到這時，標準影迷在想，王導演最終會不會讓林美人脱下太陽眼鏡，讓觀眾欣賞一下那兩條勞苦功高的假睫毛。聽説終於拍了扔掉假髮和脱下太陽眼鏡的鏡頭，還拍了林美人對着攝影機開了幾槍。

上世紀八九十年代全盛時期的港產片，在香港及東南亞受歡迎程度遠勝荷李活，票房紀錄動輒千萬，市場除了東南亞之外還可以遠達非洲。那時更有放映午夜場來試探觀眾反應的習慣。然而這些夜貓子的普羅大眾，性格直爽，敢做敢言，他們的嬉笑怒罵就成為一般打鬥滑稽香艷奇情電影賣座的指標，絕少文藝愛情片會冒險午夜場去挑戰觀眾。

王家衛導演藝高人膽大，能人所不能，不單拍些與觀眾遠距離相對的電影，更挑戰性地登上午夜場與普羅大眾短距離接觸。

於是標準影迷在九龍旺角體驗了一場畢生難忘的午夜場。影片開始五分鐘之後觀眾的耐性已到極限，要求銀幕上的金城武少說話多做嘢，又大聲要求林青霞快脫下墨鏡和乾濕褸，讓大家睇真啲，直到林美人開了數槍後才安靜些許。這時標準影迷更發現那兩條假睫毛的命運就像王家衛其他許多演員拍過的場次與鏡頭，永不見天日。而且女主角的身份居然是個殺手而不是過氣明星。接下來王靖雯（那時王菲的藝名）和梁朝偉的那段輕快戀情，放了不到十分鐘就斷片，戲院說是沖印公司拷貝沒送到，聽說午夜場的前一天還在剪片。觀眾瘋了。

加許多好事者都說王家衛玩完了。沒想到《重慶森林》居然打開了非洲以外的港片市場。美國上片後，Quentin Tarantino 來香港特

幕容嫣

別想見林美人青霞一面，林美人那時以「安胎」理由推了。

《阿飛正傳》之後四年才等到《重慶森林》，沒想到兩個多月之後，又在總統戲院看到前所未有大卡士的《東邪西毒》。

銀幕上林青霞是以慕容燕男裝出場。店小二出言不遜的嘲弄：你到底是男還是女，林青霞說：堂堂大燕國的公主，慕容家的小姐，你竟敢如此冒犯我，信不信我殺了你！梁家輝好心出言相勸，林青霞一拔刀就傷了好管閒事的梁家輝。

當年的梁家輝就是《情人》之後的情聖，戲中是女非男的林青霞慕容燕當然得愛上他。於是影片中療傷建立感情的過場全免，一跳已到林梁二人姑蘇道別的感情戲。梁家輝情深款款的摸着男裝林青霞的臉，說道：如果你有個妹妹，我一定要她為妻。慕容燕說道：好，我們一言為定。你千萬別後悔，要是你後悔的話，我一定殺了你。

之後他們定了個日子，約好在一個地方見面，結果梁家輝沒出現，因為他又戀上了劉嘉玲的桃花。於是男裝林青霞找職業殺手張國榮去解決梁家輝，說是梁對不起自己妹妹傷了她的心。而女裝林青霞也找張國榮去殺男裝林青霞，因為哥哥太愛妹妹，佔有慾不讓妹妹得到真愛不讓她與梁家輝一起。

聰明的張國榮一眼就看穿這兄妹其實是一個人。故意挑逗地說殺了哥哥就會不見了妹妹，最後問誰人收錢？那慕容嫣嘴巴雖然厲害，但是心地還是天下女兒一般脆弱，那樣怕受傷害，需要張國榮這殺手的保護。

過後男裝的慕容燕來向張國榮討回妹妹，張國榮當然交不出女裝的慕容嫣，只有請青霞姐在煙霧瀰漫的山洞中飲勝。孰料一碗黃粱下肚，男裝的林青霞馬上馬腳畢露變回女兒身，不單如此，更將張國榮誤認為梁家輝，說是因為你的一句話，我一直等到現在……

那天晚上他們上了床，但是那天晚上張國榮又以為林青霞是他的大嫂張曼玉，他終生的最愛……

真是那麼錯綜複雜，真是那麼王家衛。

這段二十餘分鐘的戲，標準影迷認為是銀幕上所見對無雙譜的迷情最深刻最戲劇而又最詩情畫意的作品，是林青霞表演藝術上登峰造極之作。

王家衛有種顛覆演員的本事。總會把以往別人看不到的特點都抓

幕容燕

了出來，但是也非常浪費演員的能量，因為你永遠不知道自己會被剪成怎麼樣。好比最初在香港片場拍的《東邪西毒》，幾乎都沒有用，最後還是到陝西榆林沙漠把整部電影重拍。

許多人回憶那次的經歷，真好比人間地獄。譬如張國榮被蠍子咬了，幾乎以為沒有了性命。但是加許多人在多年後重看此片，都認為是一生一次難得的機會與經驗。

林美人回憶那天收到王家衛冗長的獨白，劇情是以男裝出現和張國榮對戲，説着説着忽然姿態語氣就變成了女兒身，又説着説着把張國榮當成了梁家輝，再説着説着……。唉！林美人嘆口氣，我並不是一人分飾二角，而是一人精神分裂成二角。

一個五六分鐘的長鏡頭，在不透氣的山洞裏面，營造氣氛的煙霧和工作人員的二手煙混為一體，加上燈光照射的高溫，杜可風旋轉不停的攝影機，鳥籠透射出迷幻的影像，讓人真是分不出誰是慕容嫣誰是慕容燕，誰是張國榮誰又是梁家輝。

拍到天亮精疲力倦的時候，林美人彷彿記得看到王家衛笑語一句，青霞瘋了！

四十二年前，還是蔣介石戒嚴時期的台灣台北，大專聯考放榜後的暑假，林青霞走在西門町的馬路上，被星探發掘，拍了《窗外》。從此叱咤風雲影壇二十多年，之後退出影壇相夫教子又復二十年，然而觀眾沒有一刻讓她停止明星生涯。

最近聽說王導想找林美人以導演的身份重新修復整理她的處女作，卻又擔心美人的心情像三月的天氣。

標準影迷插句口：報仇的時候終於來了！

桃花

我的戲劇導師（敬請留意，拜師此刻開始）邁克先生回憶，二十年前在威尼斯電影節觀看《東邪西毒》，有若參加重金屬音樂會：銀幕上畫面一片漆黑，各位男主角不是長髮披肩就是仁丹鬍子二撇雞，不仔細靠着聲音認辨，也分不出誰是張國榮梁家輝梁朝偉張學友，更別說去分辨誰是東邪誰又是西毒（邁克老師您說的真對，張國榮原本在香港演的確是東邪，到了陝西榆林演的就是西毒，您看的二十年前影展版，張國榮的兩個造型都有出現）。散場後外國朋友們問我個究竟，我也只能用「不清楚」三個字回答。

電影文化交際花王小弟說，《東邪西毒》的特色是四個男主角都有心聲，每個人不同的自說自話，都代表着一些不能切割的哲理。但是所有東方人的聲音在外國人聽來都是一樣，確實為外國影評人影展評審帶來許多困擾，不仔細分析，是不能明白其中奧妙。王小弟真是王家衛的好朋友。

標準影迷記得二十年前在總統戲院觀看《東邪西毒》，印象最深的就是三個女主角的表現。劉嘉玲整套戲鏡頭不多對白更少，但是她牽着馬匹在水中做愛似的撫摸，令人想起六十年代珍芳達在*Spirits of the Dead*那種近乎人獸戀的情慾。林青霞在大鳥籠的光影下那迷幻似忽男忽女的呻吟，確也令人眼花繚亂神魂顛倒，不自覺就頒了個人最佳女主角給她。最後則是張曼玉在影片結束前冗長的獨白，讓標準影迷看到香港女演員首次在大銀幕上發揮到個人的極限。

直至終極版的《東邪西毒》出現，才發現原來加許多「看不懂」的投訴，都只不過是影片比時間走早了十多年。

原來這只是在武俠包裝下一個極簡單的愛情故事。原來張國榮和梁家輝兩人同時都愛張曼玉一個，一個驕傲不肯說出口，一個含蓄的說不出口。於是二人在沙漠上的某個夜晚，暢飲張曼玉送的那一瓶「醉生夢死酒」，三十年細說從頭。

說是簡單，經過王家衛銀幕上這麼一說，卻又錯綜複雜，蕩氣迴腸。不就是《藍莓之夜》的主題：用最長的距離走最短的路。

張國榮當然是張曼玉的最愛，但是只有感覺是不夠，她還要他說

劉嘉玲是名副其實的桃花

出愛的語言。他太過自信，以為女的一定會嫁他，她就賭氣嫁給他哥哥，讓他得不到自己的想要。而他也就遠走他鄉，和她繼續這場感情的戰爭，互不相讓，互不理睬，仍然熱愛，繼續煎熬。

梁家輝應該就是春天的時分遇見張曼玉。因為每年桃花開的時候，他都有個藉口去探望張國榮，把他的近況帶給張曼玉，既然張曼玉可望不可即，因此他愛上春天的桃花。更因此他愛上好友梁朝偉的妻子劉嘉玲，因為她的名字叫桃花。

張國榮本以為梁朝偉住的地方真有桃花，後來發現桃花竟是紅杏出牆的梁妻，更不知梁家輝是愛上張曼玉才會愛上春天的桃花，卻又愛屋及烏才愛上美女的桃花。

梁朝偉和梁家輝的英文名字都叫 Tony Leung，邁克老師說的對，要他怎樣向外國人解釋：這個東尼梁搶走了那個東尼梁的太太桃花，而這個東尼梁其實真正愛的是樹上開的桃花，而不是美女名字桃花。更加是，張國榮並不知道這個東尼梁愛桃花的原因，原來是愛上了自己最愛的張曼玉。若是把他們之間錯綜複雜的感情關係一口氣寫出來，是否十足活地亞倫式獨白。

張曼玉至死不知自己就是桃花

賬還沒算完，梁家輝還要為了桃花，活生生把大燕國公主林青霞改變成殺人不眨眼的江湖劍客獨孤求敗。張國榮看到楊采妮拿着一籃期待來求助，又讓他想起張曼玉和家鄉盛放的桃花，繼續自己感情上的鬥爭……

在萬縷千絲的糾結過後，張曼玉故作不經意的問梁家輝，為什麼這麼多年沒告訴張國榮她的思念。大智若愚的梁家輝說，答應過她不講，所以一直沒說。

張曼玉苦笑一句「你真是老實」。這五字囊括了所有的感情：梁家輝對愛的陰險與自私，張曼玉對高傲的懺情與絕望，大家不肯說又說不出的悔意，還有對張國榮彼此間無盡的愛。這五字的厚度與張力，又豈是活地亞倫式的幽默獨白可同日而語。

看完終極版之後的某日，在台北光華商場三樓的一家光碟店，居然買到當年由「學者」（投資《東邪西毒》的台灣電影公司）製作發行的原裝 DVD。迫不及待第一時間放上四十六吋熒光幕，才發現時代真是進步了。

基本上兩個版本影片的結構並沒有很大的變化，除了「94 版」比

「終極版」加多了兩場應片商要求的新藝城式打鬥場面。然而「94版」的DVD製作畫質出奇粗糙，片頭片尾全是不甚講究的白底黑字，應該完全不符合張叔平的要求，最令標準影迷詫異的，這一部百分之百現場收音的電影，居然看來像事後配音。

其實這「94版」DVD是非常珍貴的歷史資料，因為它代表了八九十年代吾等看電影的要求和習慣：觀眾要求不高，老闆更加要迎合觀眾，苦的是一班一心求好的創作工作人員。還記得以往戲院還是放菲林的日子，放映機正常速度每秒走二十四格底片，許多戲院為了縮短放映時間，會將放映機調到每秒二十二格加快速度，看文藝片的感覺就像卡通。那是我們這代影迷走過的日子。

如今許多那個時代的影片重新修復，也算是還給創作者一個公道。反觀加許多當年賣座的影片，如今只可一笑置之。時間是公道的。

上世紀六十年代初，台灣還是反共抗俄戒嚴時期，曾有武俠《南宋英雄傳》一書在出租書店瘋傳，書中郭靖黃蓉楊康穆念慈確實看得吾等如痴如醉。正當看到黃蓉接棒丐幫幫主的當兒，忽然被警備司令部查禁，說是翻版香港《射鵰英雄傳》，作者金庸政治立場有問題，六四年來到香港之後，居然沒有找機會把整本書看完。

一轉眼射鵰版《南宋英雄傳》這書名在歷史上已完全消失，代之的是看不完的《射鵰英雄傳》電影與電視劇，標準影迷居然完全錯過，郭靖與黃蓉的印象自可保留在少年十五二十時。所以當《東邪西毒》上映時，慶幸自己才可以用全客觀的眼光去看每一個角色的演繹。

無論《東邪西毒》是否《射鵰英雄傳》的前傳，從他獨立的文學性看來，樸實中稍帶矯作，節奏上柔中帶剛，台詞韻律落地有聲，已是上乘之作。至於影像古樸中的華美，音樂效果上的震撼，演員們可一不可再的演出，對於真正喜歡電影的人，夫復何求？

所以東尼梁（無論梁家輝還是梁朝偉）眼中的桃花到底是劉嘉玲還是春天的花，並不重要，只要能聯想到張曼玉，即可。

Facebook

Facebook

無意中露了一句「王小弟真是王家衛的好朋友」，我的戲劇導師邁克先生馬上從巴黎電郵傳來「那您就是王家衛肚裏的蛔蟲」。不單如此惡毒，更在專欄「克社會」中自冠「法式」標準影迷，與港式半山標準影迷一別苗頭。吾等如此打情罵俏相互吹噓而又踐踏在「壹傳媒」辛苦建立的地盤，總有一天同時被炒魷魚。

話說當年在威尼斯電影節，王小弟本是《東邪西毒》的隨團宣傳，忽然見到《紅高粱》男主角姜文也帶着《陽光燦爛的日子》來到，一時興奮也順道替他公關一輪，接着蔡明亮的《愛情萬歲》也殺到……這些全看在邁克先生的眼中，馬上贈予「文化交際花」高帽一頂，王小弟從此名聞全行。

別說王小弟弱冠之年在拔萃男書院就以郵社會長的身份表現出交換郵票的公關本事，更在三十年前陳凱歌張藝謀的《黃土地》時代，王小弟已慧眼識英雄開始替他們在紐約作文化推廣活動。之後，所有中華文化藝術導演與演員若要走上國際影展舞台，都離不開他的社交網絡。從侯孝賢楊德昌李安到當時得令的姜文婁燁趙薇更加別說香港的許鞍華張艾嘉陳果當然不能漏卻林青霞鞏俐章子怡……他就是一個活生生的電影影展社交網絡Facebook。所有國際電影節的主持人他都認識，所有中外電影明星只要你想他都可以有辦法。文化交際花做到如斯地步，夫復何求？

從《阿飛正傳》柏林影展的導演論壇開始，王家衛幾乎每次的國際影展場合，文化交際花都必相隨左右。別談盧卡諾的《重慶森林》，康城的《春光乍洩》、《花樣年華》、《2046》，王小弟不是安排王家衛最佳導演的記招，就是陪伴着梁朝偉在棕櫚樹下展示他的最佳男主角獎，或是剛做完《2046》人肉速遞，馬上搖身一變又成鞏俐康城的臨時翻譯。

當蘇菲亞歌普拉在奧斯卡領獎台上感謝王家衛時，他又會在電視機前和億萬影迷一齊感動。當王導貴為康城柏林影展評審團主席之際，所有的約會也必經王小弟親自親切過目。況且他有本事讓您直接或間接達到目的與珍芳達畢安夫婦合影，而且有圖為證。文化交際花

《陽光燦爛的日子》

做到如斯地步，豈是一本 Facebook 如此簡單。

話又說回來，正當華人觀眾還沒搞清楚到底應該怎樣對待《2046》的時候，奧斯卡影后妮歌潔曼已大聲宣布要和王家衛合作 *Lady from Shanghai*《上海貴婦人》。乍聽之下有若奧森威爾斯的舊作，或許更像瑪蓮德烈治和黃柳霜的 *Shanghai Express*《上海快車》。聽說妮歌的角色是位白俄貴族，流落上海，那就更有點馬龍白蘭度和蘇菲亞羅蘭的《香港女伯爵》味道。

那時正是妮歌潔曼聲勢最旺之際，她要天上的月亮當然不會讓你給星星，於是攝製組從莫斯科到紐約當然漏不過上海都做了詳盡的考察。然而慢工出細貨的王導在漫長的考據與企劃中，女明星的市場價值已襯托不起一部耗資千萬美元的巨片。於是《上海貴婦人》就胎死腹中。

時間也沒過多久，王小弟又隨着王導到了美國去拍《藍莓之夜》。這是王家衛在千呼萬喚之下拍的第一部英語影片。由當時的萬人迷祖狄羅配合未來的奧斯卡影后娜姐麗波特曼和奧斯卡出爐最佳女配角瑞秋懷茲聯合主演，獨挑大樑是王導譽為西方王菲的歌壇才女 Norah Jones。

《上海快車》

王小弟說這部電影是王家衛從二〇〇一年替康城影展拍的一個五分鐘短片發展出來的故事。但是看完這部從美國東岸紐約拍到西部拉斯維加斯的公路電影，多數人認為，不熟悉的題材與人物，不起化學作用的男女主角，沒有滄桑的愛情，都替影片扣分。至於過份濫用加格定格與慢鏡，則是聰明反為聰明誤。甚至加許多外國影評人及粉絲們都開始懷疑，是否那麼多年都被王家衛那美麗的畫面音樂及精彩的翻譯字幕所蒙騙。

連標準影迷也以為尚未過知天命之年的王導，這麼快就已江郎才盡。直到多年之後有緣看到那段未曾公開的五分鐘的《藍莓之夜》前身，才恍然大悟。

這是王家衛在第五十四屆康城影展主持 master class 放映的短片。片頭片尾只有「王家衛電影」英文字樣，主角當然是梁朝偉與張曼玉，地點是中環嘉咸街附近，時間是現代，影片或許可以代號《花樣年華 2001》。

梁朝偉是新潮便利店的東主，張曼玉則是被愛情困擾的時代女性，每當失戀她就會到便利店用甜點填補心靈的空虛。有晚既是醉酒又不檢點的吃了太多蛋糕，嘴角還留下些忌廉的殘渣就睡倒在便利店枱面。於是有潔癖的梁朝偉想到用輕吻的方法，神不知鬼不覺的替她清理乾淨。時光荏苒，梁朝偉如此這般打掃張曼玉嘴角的垃圾好一陣子，直到某夜張曼玉主動的將這輕吻變成二人的熱吻……

王氏的詩意幽默感性性感感情全在。他用簡單的速描勾出張曼玉與梁朝偉的邂逅與情愫。雖然短短五分鐘，沒有任何剪接音樂或攝影上的花巧，乾淨利落得扣人心弦。

這就是《藍莓之夜》的開始與結尾，中間缺乏的只是最短路程所走最長距離的那段路。

王家衛在自己影片中的重複性，絕對有跡可尋，而且他往往將腐朽化為神奇，令王粉們在舊的感覺上產生新的共鳴，更上一層樓。為何這段《花樣年華 2001》搬到紐約之後，就完全不是那一回事？

原來共鳴是要花費時間與心機。王家衛在亞洲影壇人氣旺，一部影片有的是時間，主角們若不起化學作用，加以時日，肯定磨出效應。王氏經典哪一部不是攝製經年？但是在美國一切都講工會求效率，可憐的 Norah Jones 或許方才磨開竅門，就要收工大吉，還要讓王導背

《花樣年華 2001》

上遇人不淑的惡名。

再者，藝術創作者是需要文化的根源。平時呼吸的空氣，咀嚼的食物，生活的習性，往往不知覺，就已經將這一切理所當然地放在一個偌大的櫥櫃，隨時需要的就順手拿出一用。一襲旗袍，一件暗器，看似簡單，修養的高下，一觸即知。至於花旗國的影視文化，看似簡單通俗，除了純娛樂的感官刺激之外，要談上藝術創作，還真是不能掉以輕心。

王小弟也真是王家衛的好朋友。他說《藍莓之夜》不單是六十屆康城影展衣香鬢影的開幕電影，在俄羅斯上映更破了所有王家衛電影的紀錄。至於其他，也沒說太多。反而王導在修復《東邪西毒終極版》之後，重新回到他熟悉的文化領域，拍成《一代宗師》。

一貫王家衛作風，感覺卻是如魚得水。

一代宗師

當《一代宗師》殺入奧斯卡最佳外語片九強之際，標準影迷也曾在能力有限度的網絡上瘋狂傳達這個喜訊，而我那惡毒的戲劇導師則笑語：瞧您這般熱心，還以為是您拍的電影。

說的也是，雖然《明報周刊》的阿俠說這可能不是王家衛最差的電影，標準影迷卻一直認為《東邪西毒》和《2046》可能是王導更好的電影。

回想《一代宗師》在戲院上演的第二天清晨就沐浴更衣迫不及待選定IMAX超大銀幕身歷聲不被爆谷騷擾而又有眾多王粉聚集的早場，專心觀賞。

從葉問那一橫一豎的雨中功夫決鬥開始，上過「金樓」見識武壇霸主的真正內涵，再識男女主角因比武而結出的一段未了緣，接着國破山河大時代的來臨，又遇上宮二家族門派的巨變，再來一場中國電影從來未見的火車站決鬥場面，蒙太奇細膩動人直逼愛森斯坦的《波特金戰艦》，風雨中一個一個時代過去，二人歷盡滄桑重逢香江，章子怡黃金夕陽中對梁朝偉輕吐一句「我心裏有過你，可也只能到喜歡為止……」，鄰座觀眾已淚如雨下……既有兒女私情的對白，也有氣勢磅礴的哲理「習武之人有三階段，見自己，見天地，見眾生」。所有最精彩的對白，都讓章子怡小姐一個人說光了。

梁朝偉的「一橫一豎」功夫論，畢竟不及一句「都說人生無悔，那是賭氣的話，如果真無悔，該有多無趣」。不論宮二小姐是否王家衛在眾多一代宗師們中最得寵的一位，肯定章子怡在電影《一代宗師》中是最有生命的角色。

這部金雕玉琢的白話文功夫電影和天馬行空的《東邪西毒》與《2046》迥然不同，一時間標準影迷也不知如何反應。

影片秉承了幾乎所有王家衛電影元素，唯一欠缺的就是苦澀令人思考不清的留白。標準影迷開始陷入一個自我批判鬥爭的漩渦，開始思考王導以往種種令人迷醉的重複。

《2046》中章子怡的白玲就是鞏俐在《愛神》中的華小姐，二位花旦分庭抗禮各有千秋百看不厭。《阿飛正傳》《花樣年華》《2046》

都說人生無悔那是賭氣的話

中三個蘇麗珍四種不同身份的重複，更是電影中的文學，令人回味。那就更加別提《重慶森林》和《2046》中男主角分別為躺在床上的林青霞與劉嘉玲脱高跟鞋，鏡頭重複。還有對白重複的張國榮梁朝偉，分別在不同影片中問張曼玉劉嘉玲的姓與名，答案同樣是「為什麼要告訴你」。

至於林青霞在《東邪西毒》中，十餘分鐘內二度唸出「我是堂堂大燕國的公主，慕容家的小姐……」語氣一則以怒一則迷幻，是為王氏最短距離最快重複之戲劇高峰。

筆到此刻，您開始懷疑標準影迷是個孤芳自賞所謂的鑑賞家，自以為能人所不能，卻不能接受平易近人賞心悅目的王家衛。

憑什麼只有你才能解開《東邪西毒》中桃花的密碼和《2046》樹洞與手指的奧妙？你不知道在你之前已有多少人討論過這些問題。你不是說王家衛喜歡重複自己，難道你看不出章子怡講「我在最好的時候，遇見了你」和張曼玉在《東邪西毒》的「我最好的時間，他不在身邊」也有種互通的重複？你以為自己真是王家衛肚裏的蛔蟲？

宮二回憶父親說過：「學武千年，不在乎一招一式，而在意整個

我在最好的時候遇見了你

武林。」宮二來到了香港，看到街道武館招牌林立，對葉問說了一句「原來，武林已在這裏」。你說是多大的諷刺，中國千年的武學居然盡在九龍深水埗大南街。導演趙良駿卻以為這話在提醒人們一段被人遺忘或從沒注意的歷史。說是那刻，他極為感動。你這標準影迷怎沒感覺他人所見？

不知是哪位影評人說話：藝術是少數人的專利。這句話真了不起！標準影迷你真以為自己就是那少數人？可以享有專利？你就不能容忍王家衛變得大眾。

你不但自大，更且天真。江澤民不是這樣形容你們香港人：too simple, sometimes naive。

確實像電影文化交際花王小弟所說，《一代宗師》是王導演和觀眾距離最近的電影，幾乎沒有人說看不明白。直截了當，只有喜歡或不喜歡，結果是絕大多數的喜歡。

台北名媛伊麗莎白太累女士毫不客氣說《一代宗師》太過造作，但是補上一句「我就是喜歡那過份的造作」。每個人都可以有自己的意見，太累女士居然連看了三場。

至於蘇富比拍賣總裁程壽康則更加激動。說是對白既富民國情懷，又不牽強，既浪漫又工整。其中「憑一口氣，點一盞燈，有燈就有人」更是一絕。他說不太明白點燈為何要有氣，有燈有人又怎樣？但是聽起來就像有什麼大道理，多麼哲學，多麼高級！肯定不明白的大多數人都不敢承認。壽康先生是該片最佳宣傳，在戲院一口氣看了五次。

經過壽康先生這麼一說，標準影迷又在那「氣」字中找回王家衛的電影元素，譬如說梁朝偉花了加許多時間練出的詠春，怎麼在影片中不露全相？原來那些功夫已形成一股只可以感覺到的「氣」，串流在影片中每一個畫面，與《東邪西毒》中的盲劍客自不可同日而語。至於苦練八極拳終而成師的張震，八卦拳最後宗師的王慶祥，張晉的馬三，金樓中客串出現的盧海鵬劉洵張智霖等等又等等，當然不能不提美麗穿着豹子皮高領大衣不發一言而又正式學過普通話的葉問夫人宋慧喬……

看慣王導以往的沒骨寫意畫作，驟看艱苦煎熬十年籌備四年攝製的工筆鉅作，標準影迷應該自我檢討，是否應選擇另一心態迎接此一巨變?觀點一改,《一代宗師》居然輕舟已過萬重山,數個版本看過,愈發入戲。

您現在明白,標準影迷決不是所謂鑑賞家,只是一個會犯錯的影迷。以往說過,做影迷真幸福,雖然有時會為了偶像而過份癡心或傷心,但是更有權力不負責任地改變自己的看法。昨日之惡可成今日之喜,分分鐘轉軚。不像可憐的影評人們,背負着滿口仁義道德,前言必須配對後語。

開竅後的標準影迷,看到中國版 Bazaar 用「十冠之后」來形容宮二小姐的章子怡,興奮之情自不在影片入圍奧斯卡最佳外語片九強之一。更何況剪完了中國版之後又有柏林影展版再加法國版之後又有美國版再來一個 3D 版……

王家衛這沒完了的武林故事,春風吹又生。

古蒼梧

跋

浮花浪蕊：日據上海／新浪巴黎／60.70好萊塢／殖民香港，全收眼底。

我在最好的時候遇到你，可惜你沒有把我看清楚，唉……

鳴 謝

古兆申

邁克

林青霞

王家衛

董橋

翁午

黎智英

林道群

林為林

浙江崑劇團

江蘇省蘇崑劇團

澤東電影製作有限公司

壹傳媒有限公司

Jackie Pang

Norman Wang

Joyce Yang

圖片由澤東電影製作有限公司提供：
P136, P143, P147, P149, P155, P166
P169, P170, P177, P178, P181, P182
P183, P193, P195, P197, P201, P202
P212, P215, P216, P220

圖片由馬明提供：
P2, P10, P11, P24, P25, P135, P199

圖片由 Norman Wang 攝影：
P163, P206

圖片由甘國亮提供：
P190

圖片由江蘇省蘇崑劇團提供：
P19

圖片由楊凡攝影或提供：
封面
P6, P15, P18, P22, P23, P27
P29, P31, P33, P34, P35, P36
P38, P40, P42, P45, P49, P57
P65, P68, P71, P83, P86, P89
P90, P94, P101, P106, P108, P110
P113, P114, P117, P118, P120, P123
P124, P128, P130, P145, P159, P174